Alina Jipp

Geburtstagskuss mit Folgen

Roman

BoD™
BOOKS on DEMAND

Alina Jipp

Geburtstagskuss mit Folgen

Roman

Die geschilderten Personen und Ereignisse sind frei erfunden. Ähnlichkeiten mit lebenden oder verstorbenen Personen sind rein zufällig. Der Roman enthält Szenen, die reinweg Fantasy sind und nicht niedergeschriebenen Aspekten entsprechen muss.

Die Texte sind nach der neuen deutschen Rechtschreibung von 2006 verfasst. Bei unterschiedlicher Schreibmöglichkeit hat sich die Autorin für die vom Duden vorgeschlagene Schreibweise entschieden.

© **2016 Alina Jipp**
Cover: **Alina Jipp**
Lektorat, Korrektorat & Buchlayout:
Lektorat Buchstabenpuzzle Bianca Karwatt
www.lektorat-buchstabenpuzzle.de

*Bibliografische Information der Deutschen Nationalbibliothek:
Die Deutsche Nationalbibliothek verzeichnet diese Publikation in der
Deutschen Nationalbibliografie; detaillierte bibliografische Daten sind im
Internet über http://dnb.de abrufbar.*

Herstellung und Verlag: BoD – Books on Demand, Norderstedt

*Taschenbuch
ISBN: 978-3-7460-1356-5*

Paula - Prolog

In der Pause saß ich mit meinen Freundinnen in der Mensa zusammen und folgte ihrem Gespräch, während ich meine Pizza aß.

»Paula! Heute Abend ist die Party des Jahres und du bist endlich fünfzehn, da müssen deine Eltern es doch erlauben!« Ich seufzte genervt. Warum konnte Michelle nur nicht verstehen, dass meine Eltern mir das niemals erlauben würden? Heute war mein fünfzehnter Geburtstag und abgesehen davon, dass die Familien Baker und Scott zu Besuch kommen würden, dürfte ich auch sonst nicht zu der Party eines Zwanzigjährigen im Haus seiner Eltern, die im Urlaub waren. Und wenn ich ganz ehrlich war, dann war ich sogar froh darüber. Michelle schwärmte immer für ältere Jungs, während ich bisher noch nie wirklich verliebt gewesen war. Natürlich hatte es schon den einen oder anderen Jungen gegeben, den ich niedlich fand.

Vielleicht war ich einfach von Zuhause her zu verwöhnt, um diese Idioten toll zu finden. Jeden einzelnen Jungen verglich ich mit meinem Bruder und da kam keiner von ihnen gut bei weg. Die Meisten hatten entweder nur Sport im Kopf oder waren nur an Partys, Drogen und Alkohol interessiert. Weder mit dem einen noch mit dem anderen konnte ich etwas anfangen. Irgendwo auf dieser Welt musste es doch noch einen Jungen wie Alexander geben und wenn ich den treffen würde, dann würde ich mich sicherlich auch verlieben.

»Michi«, antwortete ich genervt. »Mein Dad ist Arzt und hat Ian erst vor drei Wochen wegen einer Alkoholvergiftung behandelt, als er Doktor Fuller vertreten hat. Glaubst du wirklich, dass er mich da zu einer von seinen nur allzu bekannten Partys lassen würde? Der ist doch nicht dämlich.« Ich wusste, dass es Michis Eltern egal war, wo ihre Tochter sich herumtrieb, aber meine waren zum Glück anders. Ich wollte nicht mit ihr tauschen, auch wenn sie weniger Probleme mit ihren Eltern hatte, wenn sie abends ausgehen wollte.

»Außerdem ist die ganze Familie heute da, sogar Alex kommt extra vom College, da kann ich doch nicht weg.« Michelle lächelte verträumt.

»Alexander kommt?«, fragte sie aufgeregt. »Kann ich dann nicht auch kommen? Dein Bruder ist so heiß und sogar noch viel süßer als Ian.« Michelle war, sehr zu meiner Belustigung, schon seit mindestens einem Jahr total in meinen Bruder verknallt. Sehr zu ihrem Leidwesen interessierte er sich aber gar nicht für Mädchen in unserem Alter.

»Morgen kommst du doch sowieso zu uns und mein Bruder bleibt bis Sonntag, also wirst du ihn auf jeden Fall noch sehen«, versprach ich ihr. Auch wenn meine Freundin wusste, dass sie keine Chance bei ihm hatte, so gab sie nicht auf und suchte bei jeder Gelegenheit seine Nähe. Alex schien das gar nicht zu bemerken, oder zumindest zeigte er es nicht, wenn er es doch tun sollte. Wahrscheinlich war es unter seinem Niveau, von kleinen Highschoolschülerinnen angehimmelt zu werden und er sagte nur nichts, um Michi nicht zu verletzen. Das würde ihm ähnlich sehen.

Endlich war die letzte Unterrichtsstunde um und ich konnte nach draußen eilen, wo meine Großeltern, die gerade wieder zu Besuch in Aptos waren, mich schon erwarteten. Normalerweise fuhr ich mit dem Schulbus, aber wenn jemand in der Nähe war, wurde ich oft abgeholt. Ich verabschiedete mich schnell von Michi und stieg in Grandpas Auto.

»Herzlichen Glückwunsch, Große«, begrüßte Grandma Emma mich.

»Ich kann gar nicht glauben, dass du schon fünfzehn bist. Wie konntest du nur so schnell so groß werden?« Das fragte sie jedes Mal, wenn sie in Aptos war. Meistens war mir das mehr als peinlich, vor allem, wenn ich mir das alleine anhören durfte. Aber heute war mein Geburtstag, da konnte mir nichts so schnell den Tag versauen.

Außerdem würde Alexander nachher auch seinen Teil davon abbekommen und wir konnten dann heute Abend am Strand spazieren gehen und uns gemeinsam über die Sprüche unserer Familie lustig machen. Während des Tages würde ein Blick reichen, damit er mich verstand. Alex war einfach der beste Bruder, den es auf der ganzen Welt geben konnte. Ob das daran lag, dass wir nicht wirklich blutsverwandt waren und uns als Kinder sozusagen ausgesucht hatten, wusste ich nicht. Aber eins war sicher! Meine Beziehung zu ihm war etwas ganz Besonderes. Wir waren zwar mit unserer kleinen Schwester Lilli zu dritt und wir liebten sie auch sehr, aber der Altersunterschied war so groß, dass die Beziehung zu ihr eine ganz andere war. Ich würde alles tun, um sie zu beschützen, aber mit Alex konnte ich über alles reden, was mit einer Grundschülerin natürlich nicht möglich war.

Kaum hielten wir vor unserem Haus, das etwas außerhalb von Aptos lag und direkten Zugang zum Strand hatte, da hielten auch schon meine anderen Großeltern William und Olivia neben uns an. Gleich danach kam auch meine Tante Elizabeth mit ihrem Mann Landon und den drei D's an, wie Alex und ich unsere Cousins Dave, Danny und Dylan nannten. Es gab noch vorm Haus ein großes Hallo, Küsse, Umarmungen, Gratulationen. Die Geschenke stapelten sich auf dem Tisch an der Tür. Trotz des Chaos und der Freude, die ganze Familie zu sehen, wartete ich sehnsüchtig auf meinen Dad, der Alex vom Flughafen abholte.

Wir waren gerade reingegangen, als der Wagen endlich hielt und schon rannten alle wieder hinaus, um Alexander zu begrüßen. Ich war zuerst bei ihm und fiel ihm einfach um den Hals. Dann tat er etwas, das mein Herz kurz zum Stillstand brachte. Er küsste mich kurz auf den Mund, ehe er mich umarmte und mir gratulierte.

Mir wurde ganz anders, erst heiß, dann kalt. Mein Herz begann wie wild zu schlagen und es war, als würden Schmetterlinge in meinem Bauch tanzen. Ich wünschte mir schon lange, dass irgend ein Junge mal Gefühle in mir auslösen würde und dass ich mich endlich verlieben könnte. Aber nun war es nicht irgendein Junge aus Aptos, sondern ausgerechnet mein großer Bruder. Das durfte einfach nicht sein, das wusste ich.

Irgendwie schaffte ich es, dass mir niemand etwas anmerkte. Zumindest hoffte ich es, denn der ganze restliche Tag war anders als sonst. Manchmal war es, als hätte sich ein Nebel über mich gelegt, der alles dämpfte und weniger real erschienen ließ. Trotzdem schaffte ich es, den Tag irgendwie zu überstehen, auch wenn mein Herz jedes Mal schneller schlug, wenn Alexander mir näher kam. Am Abend, als alle weg waren, fragte er mich wie immer, ob ich mit ihm an den Strand gehen wollte. Fast hätte ich ›Nein‹ gesagt, obwohl ich es gar nicht wollte, aber dann sagte ich mir, dass ich das nicht durfte. Ich musste so tun, als wäre alles wie immer und schnellstens dafür sorgen, dass mein Herz aufhörte zu spinnen! Leicht fiel mir das nicht, so zu tun, als wäre alles in Ordnung. Vor allem nicht am Strand, denn der war mit einem Mal, im Licht der untergehenden Sonne, viel zu romantisch.

Wie konnte ein Kuss nur mein ganzes Leben auf den Kopf stellen? Alexander hatte mich schon oft brüderlich geküsst und an diesem Kuss war nichts anders gewesen als sonst. Warum reagierte ich auf einmal so? Ich war froh, als ich abends endlich allein in meinem Bett lag, auch wenn ich noch völlig durcheinander war. Aber zumindest musste ich nun nicht mehr so tun, als wäre alles wie immer. Denn plötzlich war nichts mehr wie zuvor und ich hatte niemanden, mit dem ich darüber reden konnte. Michelle war zwar meine beste Freundin, aber sie war selbst in meinen Bruder verliebt und außerdem wusste ich nicht, wie ich erklären sollte, dass er plötzlich mehr für mich war, als nur mein Bruder.

Paula - Der 18. Geburtstag

Als der Wecker klingelte, knurrte ich erst kurz und wollte mich noch einmal umdrehen und mir die Decke über den Kopf ziehen. Aber dann fiel mir ein, was für ein Tag heute war und ich war mit einem Schlag hellwach. Heute war mein großer Tag. Mein 18. Geburtstag, das war sowieso schon etwas Besonderes und für mich erst recht.

Denn ER würde heute endlich wieder kommen. Wenn ich nur daran dachte, lächelte ich verträumt, denn er fehlte mir furchtbar. Seit ich drei Jahre alt gewesen war, waren wir unzertrennlich und seit er ausgezogen war, um zu studieren, war es, als hätte er einen Teil von mir mitgenommen. Noch schlimmer war es in den letzten drei Jahren geworden, denn seit er mich an meinem fünfzehnten Geburtstag geküsst hatte, war ich rettungslos verliebt. Verliebt in den eigenen Bruder! Okay, Adoptivbruder, aber wirklich besser machte es das nicht. So etwas Dämliches konnte nur mir passieren.

Auch wenn Alexander nicht mein leiblicher Bruder war, sein Vater hatte meine Mutter geheiratet und mittlerweile waren wir längst vom anderen Elternteil adoptiert worden und sie hatten noch ein gemeinsames Kind bekommen, unsere kleine Schwester Lilli. Ich liebte Sebastian wie einen Vater und Alex liebte Mom auch, wie man seine richtige Mutter liebte. Keinen interessierte es, dass wir nicht alle blutsverwandt waren. Wir waren einfach eine völlig normale Familie. Na ja, zumindest, wenn man davon absah, dass ich eben unsterblich in meinen Bruder verliebt war.

In den letzten drei Jahren sprach ich mit niemandem darüber. Wie hätte ich es auch erklären sollen? Selbst mit meiner besten Freundin Michelle konnte ich darüber nicht reden, denn auch sie war immer mal wieder in Alexander verliebt. Zum Glück war sie jetzt schon seit acht Monaten mit ihrem Freund Ryan zusammen und schwärmte mir nicht mehr von meinem Bruder die Ohren voll. Zukünftig würden sich unsere Wege sowieso trennen, aber das störte mich kaum noch. Zu sehr hatte sie sich verändert, seit sie mit ihrem Freund zusammen war. Während sie gemeinsam mit Ryan in Los Angeles studieren würde, war ich an der Universität von New York angenommen worden. Dort studierte auch Alexander Psychologie und nach den Semesterferien würde ich mit ihm zusammen in einer WG in direkter Nähe des Campus wohnen. Weder er noch unsere Eltern hatten in den letzten Jahren etwas bemerkt, ansonsten hätten sie wohl nicht zugestimmt, dass wir nun zusammenzogen. Unsere Eltern besaßen zwar noch immer eine Stadtwohnung in New York, aber dort wollten wir beide nicht wohnen. Erstens war sie viel zu weit vom Campus entfernt und zweitens viel zu groß und luxuriös für eine Studentenbude. Deshalb kauften unsere Eltern die Wohnung, in der nun die WG war und schenkten sie Alex zum Beginn seines Studiums.

Alexander, der sein Grundstudium vor den Semesterferien abgeschlossen hatte, lebte bisher mit drei Jungs in dieser Wohnung. Zwei davon waren nun fertig mit ihrem Studium und ausgezogen. Eines der Zimmer würde ich übernehmen. Das letzte Zimmer war noch frei, dafür suchten wir noch eine Mitbewohnerin, denn Alexander wollte nicht, dass ich nur mit Kerlen zusammen wohnte.

Aber zunächst waren jetzt noch zwei Wochen Ferien und die würde Alexander hier bei uns in Aptos verbringen. Seit Anfang der Semesterferien war er mit einem Freund in Europa gewesen. Die Reise war sein Geschenk zum Abschluss des Grundstudiums gewesen. Eigentlich sollte er schon gestern zurückkommen, aber durch schlechtes Wetter hatten sich seine Flüge so verspätet, dass er wieder erst an meinem Geburtstag ankommen würde. Das war fast ein Déjà-vu. An meinem fünfzehnten Geburtstag war er auch erst zu meiner Geburtstagsfeier angekommen und als er mich dann küsste, wurde mein ganzes Leben auf den Kopf gestellt.

Wie oft hatte ich danach versucht, mich in einen Jungen von der Aptos High zu verlieben, aber da war einfach nichts gewesen. Man konnte sich halt nicht auf Befehl verlieben, auch wenn das so vieles erleichtert hätte. Trotz einiger Dates in den letzten Jahren und obwohl ich mich auch ab und zu küssen ließ, musste ich feststellen, dass bei keinem der Jungen mein Herz so schnell schlug, wie bei Alexander. Mittlerweile war es mir auch egal, dass ich als eiserne Jungfrau ausgelacht wurde. Ich war wohl das einzige Mädchen in ganz Aptos, das auch nach ihrem Highschoolabschuss noch Jungfrau war.

Es gab in den letzten Monaten sogar eine Wette unter den Jungs, wer von ihnen es zuerst schaffen würde, mich ins Bett zu bekommen, aber da ich keinen von ihnen ran gelassen hatte, gab es nun das Gerücht, dass ich lesbisch sei. Selbst Michelle schien daran zu glauben und zog sich langsam immer mehr von mir zurück. Vielleicht wäre es besser gewesen, wenn ich ihr die Wahrheit erzählt hätte, aber ich traute mich nicht. So sehr ich Michelle mochte, sie war eine unheimliche Klatschtante und ich hatte keine Lust darauf, dass die ganze Stadt darüber sprach, wie ich mich fühlte. Aptos war eine Kleinstadt und es wurde unheimlich viel geredet. Dass die Tochter des Chefarztes der neurologischen Klinik in ihren eigenen Bruder verliebt war, wäre über Monate das Thema im Ort gewesen. Auch wenn wir gar nicht blutsverwandt waren, so waren wir doch eine Familie und wie richtige Geschwister aufgewachsen. In Aptos würde es einen riesigen Skandal geben und der könnte der ganzen Familie, der Klinik und sogar der Rehaklinik schaden. Und alles nur, weil ich mein Herz nicht im Griff hatte.

»Happy Birthday to you!«, erklang es plötzlich ziemlich schief an meiner Zimmertür und Lilli stürmte herein. Unser kleiner Wirbelwind war inzwischen acht Jahre alt. Sie konnte manchmal eine richtige Nervensäge sein, da sie mir in allem nacheiferte, aber wenn ich ehrlich war, liebte ich die Kleine trotzdem sehr.

»Es gibt Pancakes zum Frühstück«, jubelte sie. »Und deine Geschenke warten unten, kommst du endlich? Mom sagt, dass ich erst etwas bekomme, wenn du da bist.« Lilli schmiss sich auf das Fußende meines Bettes und seufzte schwer.

»Dad kommt auch gleich, meinte Mom eben. Der musste noch mal ins Krankenhaus …« Das war für uns alle völlig normal. Seitdem mein Vater eine der bekanntesten neurochirurgischen Klinik Kaliforniens in Aptos aufgebaut hatte, kam es oft vor, dass er wegen eines Notfalls zu den ungünstigsten Zeiten weg musste. Viele Leute kamen extra hierher, nur um sich von ihm operieren zu lassen. So hatten meine Eltern sich auch kennengelernt. Als Kleinkind war ich an einen Hirntumor erkrankt und mein Dad war mein behandelnder Arzt gewesen. Meine Mutter verliebte sich während meiner Behandlung in ihn.

An meinen leiblichen Vater erinnerte ich mich kaum. Meine Mutter sprach nicht viel über ihn, sie hatte zwar Fotos von ihm für mich aufgehoben und mir ein paar Dinge darüber erzählt, wie sie sich kennenlernten. Aber sonst sprach sie kaum über ihn. Granny Stone, seine Mutter, war da gesprächiger gewesen, als sie noch lebte. Für sie war er ein Nichtsnutz und Rabenvater und das erzählte sie mir auch immer wieder. Sie und Grandpa Stone, an den ich mich kaum erinnern konnte, hatten nicht nur den Kontakt zu ihrem Sohn abgebrochen, sondern ihn auch enterbt und mir stattdessen alles vermacht.

So war ich schon seit einigen Jahren Besitzerin eines Hauses hier in Aptos, welches vermietet war, solange ich nicht dort wohnen wollte. Außerdem gab es ein Treuhandkonto, über das ich jetzt, da ich achtzehn war, verfügen könnte. Ich brauchte aber gar nichts, da ich alles Nötige von meinen Eltern bekam. Mein Angebot, das Geld für mein Studium zu nutzen, hatten sie lächelnd abgelehnt.

»Ich zahle allen meinen Kindern ihr Studium, Paula.« Dad war fast böse geworden wegen meines Vorschlages. »Lass dein Geld angelegt, wenn du es jetzt nichts brauchst, oder erfüll dir einen Traum damit. Für eure Ausbildung bin ich zuständig.«

Dad machte keinen Unterschied zwischen uns dreien, auch wenn ich ›nur‹ sein Adoptivkind war, wie manche ältere Leute gern betonten. Im Gegenteil, manchmal sagte er, dass ich etwas ganz Besonderes wäre, weil er ohne mich Mom nie begegnet wäre und somit nicht gelernt hätte, Alexander ein guter Vater zu sein. Das bewunderte ich sehr an Dad, er gab es offen zu, wenn er Fehler machte und er erzählte oft, dass er Alex anfangs kein guter Vater gewesen war und dass ihm das sehr leidtat. Auch wenn er sonst mal ungerecht war oder einen Fehler machte, dann stand er immer dazu und entschuldigte sich. Das konnten nicht viele Erwachsene, vor allem nicht Kindern oder Jugendlichen gegenüber. Aber er sagte immer, dass ihn das ›nicht zu seinen Fehlern stehen‹ fast seine Familie gekostet hätte und das Risiko wollte er nie wieder eingehen.

»Paula! Lilli! Kommt ihr bald runter?«, rief Mom nach uns und ich schwang die Beine aus dem Bett, um endlich aufzustehen.

»Sagst du Mom, dass ich noch schnell dusche?«, fragte ich Lilli. Die nickte und lief schon mal hinunter. Keine Viertelstunde später folgte ich ihr in die Küche und prallte überrascht zurück, als ich fast in Alexander hineingelaufen wäre.

»Was machst du denn schon hier?«, fragte ich völlig perplex. Alexander lachte laut.

»Was für eine nette Begrüßung, Schwesterchen. Ich wollte dir persönlich zum Geburtstag gratulieren und habe einen Nachtflug genommen. Freust du dich denn gar nicht, mich zu sehen?«

aber nur einen abschätzenden Blick, ehe sie sich umdrehte und in ihr Zimmer ging. Die Tür knallte hinter ihr zu. Das Zusammenleben mit ihr konnte ja noch heiter werden.

»Denk dir nichts dabei«, meinte Alexander. »Sie schmollt immer noch, dass sie dein Zimmer nicht bekommen hat. Ich habe ihr aber von Anfang an erklärt, welches Zimmer sie haben kann und wenn ihr das nicht passt, dann muss sie sich etwas anderes suchen.« Für ihn schien das völlig klar zu sein, aber ich fürchtete, dass sie nicht so schnell aufgeben würde.

»Ich habe keine Lust auf Theater hier in der Wohngemeinschaft. Irgendwie war es nur mit Jungs einfacher, auch wenn Catherine im letzten Jahr schon oft hier bei Ben übernachtet hat. Aber er hat mir gestern schon geschrieben, dass sie dein Zimmer haben will und deswegen Theater macht.«

Mir war die Zimmerverteilung eigentlich egal und auch wenn ein eigenes Bad etwas Schönes war, so hatte ich doch keine Lust auf Streit. Vielleicht wäre es besser für den WG-Frieden, wenn ich einfach verzichten würde.

»Wenn sie das Zimmer doch unbedingt …«, fing ich an, doch Alexander unterbrach mich sofort.

»Vergiss es, Paula! Das ist dein Zimmer und sie soll sich damit abfinden.« Da ich mich nicht mit ihm streiten wollte, ließ ich das Thema Zimmertausch fallen und bedankte mich noch einmal dafür, dass er es mir überließ. Den Rest des Tages war ich mit dem Auspacken meiner Sachen beschäftigt und als Alexander mich zum Abendessen rief, sah es schon ganz heimelig aus. Ich hatte überall Fotos von meiner Familie verteilt und dass von Alexander auch einige dabei waren, obwohl wir ja jetzt zusammen wohnten, würde hoffentlich niemanden

»Klar freue ich mich«, quietschte ich aufgeregt und verfluchte mich innerlich selbst dafür. Konnte ich nicht einfach mal normal reden, wenn er da war?

»Ich habe nur nicht so früh mit dir gerechnet.« Strahlend lächelte ich ihn an und er zog mich in eine feste Umarmung, die ich am liebsten nie enden gelassen hätte.

»Happy Birthday, Paula«, flüsterte er mir ins Ohr und sein Atem verursachte bei mir eine Gänsehaut.

»Danke, Alexander«, flüsterte ich fast atemlos zurück. »Du hast mir so gefehlt.« Ehe ich mich versah, war der Satz raus. Was hatte ich mir nur dabei gedacht? Natürlich wieder gar nichts, wie immer in Alexanders Nähe. Aber zum Glück war seine einzige Reaktion, dass er mich fester drückte. Ich konnte nur hoffen, dass er nicht bemerkte, was ich wirklich damit meinte.

Zum Glück kam nun Dad aus dem Krankenhaus und wollte mir ebenfalls gratulieren, ehe wir alle gemeinsam frühstückten. Lilli jammerte zwar, dass ich doch erst einmal die Geschenke auspacken sollte, aber mir war das nicht so wichtig. Mein schönstes Geschenk saß ja schon am Tisch. Und wenn Alexander das nächste Mal abreisen würde, würde ich ihn nach New York begleiten. Was wünschte ich mir also mehr?

Paula - Die Party

Ich saß grübelnd auf dem Bett und starrte auf die vier Outfits, die neben mir lagen. Welches sollte ich heute nur anziehen? Da ich meinen Geburtstag wie immer mit der Familie gefeiert hatte, war nun heute meine Geburtstags- und gleichzeitig Abschiedsparty mit allen meinen Freunden. Alles Wichtige war eingepackt und per Post nach New York verschickt worden, nun musste ich nur noch einige Sachen, wie meinen Laptop und etwas Kleidung, einpacken, die wir im Flugzeug mitnehmen würden. Die meisten Sachen, wie meine Möbel, Pflanzen und leider auch meine Katzen, würden sowieso bei meinen Eltern bleiben. Lucky und Happy waren mit ihren fünfzehn Jahren einfach zu alt, um ihnen einen Umzug in eine Studenten-WG zumuten zu können. Wahrscheinlich wäre schon der lange Flug zu viel für meine beiden Süßen. Ich wusste schon jetzt, dass sie mir sehr fehlen würden, auch wenn ich wusste, dass sie es hier bei meinen Eltern am besten hatten.

Der Abschied von meiner Familie würde mir auch nicht leicht fallen, aber dank Telefon, Handy und Internet konnte ich ja wenigstens regelmäßig mit ihnen sprechen und sie auch via Bildschirm sehen. Außerdem besuchte Mom regelmäßig den Verlag für den sie Kinderbücher schrieb und illustrierte und würde uns dann besuchen kommen. Dad versprach, sie ab und zu bei diesen Reisen zu begleiten. Das versuchte er sowieso immer, aber oft klappte es nicht, weil er in der Klinik gebraucht wurde. Das war der Nachteil, wenn der Vater ein sehr guter Arzt war. Immer wieder kam es vor, dass er plötzlich in die Klinik musste. Allerdings machte es mich auch stolz, das er als berühmter Neurochirurg trotzdem auf dem Boden geblieben war und in der Notaufnahme aushalf, wenn Not am Mann war. Für mich war er sowieso ein Held. Im Laufe der Jahre hatte ich immer mehr über meine Erkrankung als Kleinkind erfahren und war mir heute sehr bewusst, dass ich ihm und Mom, die immer um mich gekämpft hatte, mein Leben verdankte.

»Paula! Michelle ist da«, rief meine Mutter mir plötzlich zu und ich sah erschrocken auf die Uhr. Es war ja schon fast sieben, wahrscheinlich würden auch meine anderen Gäste gleich kommen und statt mich endlich umzuziehen, saß ich noch immer auf meinem Bett und dachte über meine Familie nach.

»Michi!«, schrie ich leicht verzweifelt zurück. »Komm hoch und hilf mir, ich weiß nicht, was ich anziehen soll!« Irgendwo hörte ich Alexander lachen, aber das war mir jetzt egal. Er behauptete immer, dass ich einen Klamottentick hätte, aber jetzt wusste ich wirklich nicht, was ich tragen sollte.

»Hey, Paula«, begrüßte Michi mich, als sie ins Zimmer kam. Wir umarmten uns kurz und dann warf sie einen Blick auf die Kombinationen, die auf dem Bett lagen.

»Paula, das Zeug ist alles schwarz! Trägst du heute Trauer oder fällt dir der Abschied von mir so schwer?«, neckte sie mich. Sie wusste, dass ich meine Kleidung oft nach meiner Stimmung aussuchte.

»Mir fällt der Abschied insgesamt sehr schwer«, gab ich zu. »Irgendwie ist es, als wäre nun unsere Jugend endgültig vorbei, und der Ernst des Lebens uns einholt.« Dabei dachte ich an Julie, ein Mädchen, das mit uns zusammen zur Schule gegangen war und die gleich nach dem Abschluss geheiratet hatte, weil sie schwanger war. Irgendwie konnte ich mir das noch gar nicht vorstellen, natürlich wollte ich irgendwann heiraten und eine eigene Familie, aber doch noch nicht mit achtzehn.

»So ein Quatsch!«, antwortete Michelle lachend. »Unsere Jugend ist noch lange nicht vorbei. Die schönste Zeit kommt jetzt doch erst.« Sie sprang vom Bett, auf dem sie bisher saß, auf und begann im Zimmer herum zu gehen und dabei wild mit den Händen zu gestikulieren, während sie weiter sprach. Das tat sie immer, wenn sie aufgeregt war. »Auf dem College werden wir viel freier sein, als hier in Aptos. Los Angeles ist eine so aufregende Stadt und du gehst sogar nach New York, was du da alles erleben wirst. Du darfst nur nicht so dämlich sein wie Julie und dich gleich vom erstbesten Kerl schwängern lassen.« Sie verzog verächtlich das Gesicht. »Aber das kann dir ja sowieso nicht passieren. Du bist doch noch Jungfrau und vögelst bestimmt nicht mit irgendwem, ohne zu verhüten.« Ich stöhnte auf. Hätte ich nur nichts gesagt.

»Ich habe auch nicht vor zu vögeln!« Das letzte Wort betonte ich extra, da ich diesen Ausdruck nicht leiden konnte.

»Aber natürlich würde ich an Verhütung denken, wenn ich irgendwann Sex haben werde. Allerdings solltest auch du wissen, dass kein Verhütungsmittel hundertprozentige Sicherheit bietet.«

»Wer ist schwanger?«, fragte plötzlich Jodie neugierig hinter uns. Michelle und ich waren so in unser Gespräch vertieft gewesen, dass wir gar nicht bemerkten, wie sie in mein Zimmer gekommen war.

»Redet ihr mal wieder über Julie? Ich kann das immer noch nicht fassen. Also, wenn mir das passiert wäre, dann hätte ich sicher nicht geheiratet und brave Hausfrau gespielt.« Keine von uns konnte verstehen, warum sie das tat. Schließlich hatte sie einen super Notendurchschnitt.

»Wusstet ihr, dass sie gar nicht mehr aufs College will, nicht einmal nach einem Jahr Pause?«, fragte sie entsetzt. Jodie war sehr ehrgeizig und wollte Anwältin werden. Sie hatte ein Stipendium bekommen und würde in Boston studieren. Ihr Traum war es, irgendwann am obersten Gerichtshof zu arbeiten.

Wir alle drei konnten es uns nicht vorstellen, keine Ausbildung zu machen. Wir hatten alle unsere Ziele, auf die wir seit Jahren hinarbeiteten und bisher dachten wir das auch von Julie und nun ließ sie alles sausen, um Ehefrau und Mutter zu werden. Während wir über unsere Pläne für die Zukunft redeten, zog ich mich endlich um. Ich trug ein schwarzes, knielanges Kleid mit weißen Punkten. Ich liebte den gerade wieder angesagten Fifties-look. Lange Zeit war es mein Traum gewesen, später einmal Modedesign zu studieren. Obwohl ich Mode immer noch sehr liebte, hatte ich mich nun für ein Architekturstudium entschieden. Baustile waren nicht so vergänglich wie Mode und ich wollte nicht, dass ich monatelang arbeitete, nur damit die Sachen dann ein paar Monate getragen wurden, ehe sie entsorgt wurden. Ich wollte am liebsten etwas für die Ewigkeit erschaffen und wenn mir das nicht gelingen sollte, dann wenigstens für viele Jahre.

»Paula!«, rief Alex genervt. »Kommst du heute noch runter? Ich bin nicht dein Türsteher.« Lachend liefen wir zu dritt die Treppe hinunter.

»Ich bin doch schon da, Bruderherz«, scherzte ich und ignorierte den bösen Blick, den er mir zuwarf einfach. Manchmal war er halt wirklich nur mein Bruder und ich konnte die anderen Gefühle, die ich für ihn hatte, fast völlig zurückdrängen. Unten angekommen begrüßte ich die anderen Gäste, die schon eingetroffen waren. Gemeinsam gingen wir hinaus auf die Terrasse, auf der mein Vater schon fleißig am Grillen war, und stürmten die bereits gedeckten Tische. Später wollten wir unten am Strand noch ein Feuer anzünden und Marshmallows in den Flammen rösten. Aber erst einmal mussten alle da sein. Unsere Clique war ziemlich groß und ich war froh, dass meine Eltern so großzügig waren und uns erlaubten, hier gemeinsam zu feiern. Kaum einer von uns würde hier in Aptos bleiben und es war vielleicht das letzte Mal für lange Zeit, dass wir alle zusammen kommen würden.

Auch Alexander und sogar Lilli hatten ein paar ihrer Freunde einladen dürfen. Allerdings würden Lilli und ihre Freundin Emily nach dem Essen in Lillis Zimmer gehen, wenn wir hinunter an den Strand gehen würden. Wir saßen schon alle zusammen an den Tischen, erzählten und lachten. Es gab niemanden, der nicht seinen Spaß hatte.

»Was für eine tolle Party«, erklärte Sue gerade, als es noch einmal an der Tür klingelte.

»Ich mache schon auf«, erklärte ich sofort, auch wenn ich eigentlich niemanden mehr erwartete, aber ich wollte sowieso gerade schnell im Bad verschwinden.

Als ich allerdings die Tür öffnete, staunte ich doch nicht schlecht. Dort stand Nikki Nelson und grinste mich an. Sie war in Alexanders Stufe und die beiden waren sogar ganz kurz ein Paar gewesen. Aber ich mochte sie noch nie, sie sah immer auf die jüngeren Schüler herab, als wären wir Ungeziefer. Was wollte die denn jetzt hier? Soviel ich wusste, war sie zum Studieren nach

21

Los Angeles gegangen und hatte seit dem Highschool-abschluss keinerlei Kontakt zu Alexander gehabt. Zumindest hatte er nie etwas erzählt und sonst erzählte er von jedem, den er von seinen alten Freunden wieder traf.

»Ashly«, flötete sie regelrecht, was natürlich doppelt dämlich klang, wenn man den falschen Namen benutzte. »Es ist so schön, dich zu sehen. Dein Bruder hat mich eingeladen doch heute zu seiner Party zu kommen. Bringst du mich bitte zu ihm?«

»Ich heiße Paula!«, korrigierte ich sie. »Außerdem ist es meine Party und ich weiß nichts davon, dass du eingeladen bist.«

Sie starrte mich böse an und von ihrer gespielten Freundlichkeit blieb nichts zurück.

»Lass mich jetzt rein. Alexander erwartet mich«, zischte sie nun regelrecht und verzog dabei böse das Gesicht. Von der gerade noch gespielten Freundlichkeit war nichts mehr übrig. »Woher sollte ich denn von dieser Party wissen, wenn ich nicht eingeladen wäre?« Das fragte ich mich auch, aber trotzdem hatte ich keine Lust, mir den Abend verderben zu lassen. »Das hier ist meine Party und du bist nicht eingeladen!«

»So ein Quatsch. Nun lass mich rein, du dummes Gör. Was weißt du denn schon?«

»Ich weiß, dass ich dich hier nicht haben will. Bitte verlasse nun unser Grundstück.« Ich musste wohl unbewusst immer lauter geworden sein, denn diese Frau wollte ich nicht in Alexanders Nähe wissen. Na gut, wenn ich ehrlich war, wollte ich gar keine Frau in seiner Nähe haben, aber bisher schaffte ich es immer irgendwie, das nicht so sehr zu zeigen. Plötzlich stand ausgerechnet Alexander hinter mir.

»Was ist denn hier los? Warum schreist du so, Paula?«, fragte er und sah verständnislos von Nikki zu mir und zurück.

»Alexander«, flötete die falsche Schlange und ging zwei Schritte auf ihn zu. »Wir hatten nur ein kleines Missverständnis, aber nun ist alles geklärt. Lass uns Spaß haben und diesen kleinen Zwischenfall vergessen.« Das konnte ja wohl nicht ihr Ernst sein. Alex schien ihr zum Glück nicht zu glauben, sondern sah sie sehr zweifelnd an, während er etwas vor ihr zurückwich.

»Missverständnis? Du hast mich beleidigt und erwartest dann noch, dass ich dich auf meine Party lasse?« Wenn Blicke töten könnten, wäre ich jetzt wohl umgefallen. Aber zum Glück interessierte es mich nicht, was sie von mir hielt.

»Nikki, du hast meine Schwester gehört«, erklärte Alex ruhig. »Es ist ihre Party und sie will dich hier nicht haben. Also geh bitte.«

Ohne sie weiter zu beachten, drehte er sich wieder um, zog mich mit ins Haus und schloss die Tür vor ihrer Nase.

Nun konnten wir endlich weiter feiern und entgegen meiner Erwartungen tauchte sie auch am Strand nicht auf, sodass es noch ein richtig schöner Abend mit unseren Freunden wurde.

Alexander - Abreisetag

Es war fünf Uhr am Morgen, als mein Wecker klingelte. Eigentlich war es noch viel zu früh zum Aufstehen, gerade nach der Party gestern. Ich war erst um zwei Uhr ins Bett gekommen und könnte noch schlafen, da wir uns erst in vier Stunden auf den Weg zum Flughafen machen mussten, aber ich hatte den Wecker extra früher gestellt, damit ich den Sonnenaufgang am Strand beobachten konnte. Ich liebte die Ruhe dort unten, wenn ich ganz allein war. Einen besseren Ort zum Nachdenken gab es einfach nicht. Es war fast ein Ritual, dass ich freiwillig in den Ferien früh aufstand, um den Sonnenaufgang zu beobachten. Mein Strand hatte mir während der Europareise furchtbar gefehlt, obwohl es wirklich aufregend und lehrreich gewesen war. Aber es war halt nicht mein Zuhause. Die nächsten Ferien würde ich auf jeden Fall wieder in Aptos verbringen.

Der Abschied von meiner Heimat fiel mir selbst nach vier Jahren immer wieder sehr schwer, auch wenn ich dieses Mal nicht allein zurück nach New York ging. Ich freute mich schon sehr auf die WG mit meiner Schwester, Ben und seiner Freundin Catherine. Mit Ben wohnte ich schon mein komplettes Studium zusammen und lernte auch viel mit ihm gemeinsam, da er ebenfalls Psychologe werden wollte. Seine Freundin Catherine kannte ich bisher nur von kurzen Besuchen in unserer Wohnung. Sie war vor ein paar Tagen eingezogen und Ben hatte mir vorgestern schon einige Nachrichten wegen der Zimmerverteilung geschickt, aber da würde ich nicht nachgeben. Paula sollte das große Zimmer bekommen.

Catherine war im zweiten Jahr ihres Grundstudiums und wollte Juristin werden. Die beiden waren schon seit eineinhalb Jahren ein Paar und testeten nun in der Wohngemeinschaft, wie das Zusammenleben wäre.

Es war ein Vorschlag meines Vaters gewesen, dass wir neben Paula noch ein Mädchen einziehen lassen sollten, nachdem Marc und Andrew ihr Studium beendet hatten und ausgezogen waren. Ihm gefiel der Gedanke nicht, dass Paula mit drei jungen Männern zusammen wohnen könnte. Das Verhältnis von Paula und ihm war etwas ganz Besonderes, deshalb hatte ich die Idee für meine ausgegeben, damit sie nicht dachte, er würde sie bevormunden. Als ich noch ein Teenager gewesen war, war ich darauf oft eifersüchtig gewesen. Mich vernachlässigte er als Kind jahrelang und seit sie in unserem Leben war, hatte er sich völlig geändert. Dabei ließ ich das aber nie an Paula aus, sondern immer nur an Dad und es krachte sehr oft zwischen uns. Vor allem, als Mom mit Lilli schwanger war. Irgendwie war meine Angst groß gewesen, dass er sich durch das Baby wieder ändern würde. Heute musste ich aber zugeben, dass es nicht so gewesen war und unser Verhältnis war wieder besser geworden. Vor allem seit ich ausgezogen war, um zu studieren. Jetzt freuten wir uns immer, wenn wir uns mal sehen konnten.

»Na grübelst du mal wieder?«, sprach Mom mich auf einmal an. Ich hatte gar nicht bemerkt, dass sie auf mich zugekommen war.

»Du kennst mich doch, ich liebe die Stille hier am Morgen«, antwortete ich lächelnd.

»Soll ich dich alleine lassen?«, fragte sie. Das liebte ich so an ihr, sie drängte sich nie auf, war aber immer da, wenn wir es wollten.

»Nein, bleib ruhig und warte mit mir auf den Sonnenaufgang.« Wir gingen zusammen zu dem Baumstamm, der an unserem Lagerfeuerplatz als Sitzbank lag und setzten uns hin. Schweigend beobachteten wir das Naturschauspiel und Mom legte ihren Kopf leicht an meine Schulter. Es tat so gut, einfach mit ihr hier zu sitzen und zu schweigen. Diese Ruhe fehlte mir in New York oft und ich war mir schon jetzt sicher, dass ich später nicht dort bleiben würde, wenn mein Studium beendet wäre. Ob ich wieder in Aptos landen würde, wusste ich noch nicht, aber ich wollte schon in erreichbarer Nähe meiner Familie leben und nicht immer stundenlang im Flugzeug sitzen müssen, um sie zu sehen.

Nachdem die Sonne immer höher gestiegen war, sah Mom mich auffordernd an.

»Wollen wir noch ein Stück laufen?«, fragte sie und ich merkte ihr an, dass sie etwas auf dem Herzen hatte.

»Natürlich«, antwortete ich sofort und erhob mich ebenso wie sie. »Was möchtest du denn besprechen?«, fragte ich, nachdem wir ein Stück gegangen waren. Sie lachte leise und schüttelte leicht ihren Kopf.

»Du wirst einmal ein wunderbarer Psychologe, so gut, wie du in den Menschen lesen kannst, Alexander.« Ich hörte ihrer Stimme an, wie stolz sie auf mich war und mir wurde warm ums Herz. Die Anerkennung meiner Eltern war mir schon immer sehr wichtig gewesen.

»Würdest du in New York bitte etwas auf Paula achten?«, rückte Mom endlich mit ihrem Anliegen heraus. »Ich weiß nicht genau, was mit ihr ist, sie hat sich in letzter Zeit immer mehr zurückgezogen und es gibt da

Gerüchte in Aptos über sie, von denen ich nicht weiß, ob sie wahr sind. Aber ich fühle, dass da irgendetwas ist, über das sie nicht reden will …« Ich wusste sofort, wovon sie sprach. Auch mir war zu Ohren gekommen, dass die Leute behaupteten, dass meine kleine Schwester lesbisch sei. Eigentlich glaubte ich das nicht, aber wenn doch, dann war es mir auch egal. Ich mochte sie so, wie sie war.

Natürlich versprach ich Mom, in New York auf Paula aufzupassen. Das hätte ich sowieso getan, denn ich hatte ihr gegenüber schon immer einen sehr großen Beschützerinstinkt gehabt. Außerdem glaubte ich den dämlichen Gerüchten sowieso nicht. Mein Gefühl sagte mir, dass Paula unglücklich verliebt war. Sie war oft verträumt und melancholisch. Wenn sie erst von Aptos weg sein würde und das Objekt ihrer Begierde weit weg wäre, würde sie sich sicher bald neu verlieben. So war es mir jedenfalls bisher immer gegangen.

Keine meiner Beziehungen hatte bisher länger als ein paar Wochen gedauert. Meist gab es da schnell irgendetwas, das mich tierisch an der Person nervte und die Schmetterlinge wieder verschwinden ließ. Bei manchen, wie zum Beispiel Nikki Nelson, fragte ich mich im Nachhinein, wie ich es überhaupt mit ihr aushalten konnte. Diese Frau war so nervig, dass ich gestern wirklich froh gewesen war, dass Paula sie nicht dabei haben wollte. In der kurzen Zeit, die wir zusammen gewesen waren, hatte sie versucht, mein ganzes Leben zu ändern. Sie wollte mich sogar dazu überreden, dass ich in Los Angeles und nicht in New York studieren sollte, damit wir zusammen wohnen konnten. Zu diesem Zeitpunkt waren wir gerade erst zwei Wochen zusammen gewesen und ich war mir sicher, dass ich sie auch nicht länger ertragen hätte. Nachdem die Beziehung von mir beendet worden war, hatte sie mich noch ständig per SMS und in den sozialen Netzwerken genervt, bis ich sie überall blockierte.

»Ich bin jedenfalls sehr froh, dass Paula mit in deiner Wohngemeinschaft wohnt und nicht nur mit fremden Leuten zusammen«, erklärte Mom. »Um sie mache ich mir noch heute immer mehr Sorgen als um dich oder Lilli, wahrscheinlich weil ich sie damals fast verloren hätte.« Ich konnte mich noch daran erinnern, wie klein und zerbrechlich Paula damals in dem Krankenhausbett aussah, als ich sie das erste Mal gesehen hatte. Für mich waren die Erinnerungen daran schon schwierig. Wie schlimm musste es dann erst für unsere Mutter sein?

»Ihr wird nichts passieren, Mom!«, versprach ich ihr noch einmal. Ich würde schon dafür sorgen, dass Paula sich nicht unnötig in Gefahr brachte, denn natürlich war New York ein ganz anderes Kaliber als Aptos und Paula war bisher immer nur für kurze Zeit dort gewesen. Seit Mom eine erfolgreiche Kinderbuchautorin war, waren wir alle ja öfter dort gewesen und ich hatte dort schon immer auf meine kleine Schwester aufgepasst, wenn wir allein unterwegs gewesen waren. Ich wollte sie immer beschützen.

»So, wir sollten langsam hochgehen und frühstücken«, sagte Mom dann. »Unser Haus wird leer sein ohne Paula und dich.« Sie seufzte leise, tat aber so, als hätte sie es nicht getan. Ich konnte gut verstehen, dass es ihr schwerfiel, uns gehen zu lassen. Mom liebte es, wenn das Haus voll war und wir hatten jederzeit Freunde mitbringen können, die auch immer am Esstisch willkommen gewesen waren. Nur mit Lilli würde es sicher ruhig werden im Haus, auch wenn die Kleine ein richtiger Wirbelwind war.

»Dann muss Lilli wohl öfter ein paar Freunde auf einmal einladen, oder ihr müsst noch ein Baby bekommen«, meinte ich, während wir die Treppe hinauf stiegen. Mom lachte laut.

»Ach, jetzt sind wir deiner Meinung nach nicht mehr zu alt dazu?«, neckte sie mich und ich dachte beschämt an meine Ausbrüche zurück, als Lilli unterwegs war. Zu dem Zeitpunkt wollte ich absolut kein Geschwisterchen und fand es furchtbar peinlich, dass meine Mutter schwanger war. Heute schämte ich mich für mein Verhalten. Daher lächelte ich nur verlegen und sagte lieber nichts weiter dazu.

Als wir in der Küche ankamen, war der Tisch schon fertig gedeckt und Dad, Lilli und Paula saßen dort.

»Na, hat Mom dir auch noch das Versprechen abgenommen, auf mich aufzupassen?«, fragte Paula und warf Mom und Dad gespielt böse Blicke zu.

»Wie kommst du denn darauf?«, neckte ich sie. »Mom hat mich beauftragt, dich im Central Park auszusetzen oder ins Meer zu werfen.« Lilli lachte laut.

»Na das könntest du auch hier tun, dann kann ich das Flugticket haben und mit nach New York fliegen. Ich will auch mal wieder in den Central Park, so viel Grün sieht man doch selten.« Nun brachen wir alle vier in Gelächter aus. Für Kalifornien war Aptos wirklich grün.

Durch Lillis Spruch verlief der Rest des Essens in sehr fröhlicher Stimmung und wurde nicht melancholisch, wie sonst oft, wenn ich wieder abreisen musste. Nach dem Essen verabschiedete sich Paula noch von Lucky

und Happy. Die Trennung von ihren geliebten Stuben-
tigern fiel ihr unheimlich schwer, aber es war einfach
besser so. In New York würde Paula wahrscheinlich
sowieso nicht so viel Zeit für ein Tier haben und die Hin-
und Herfliegerei war auch nichts für die Katzen.

Die Fahrt zum Flughafen verlief dann doch nicht mehr
ganz so fröhlich, denn Lilli klammerte sich während der
ganzen Fahrt weinend an Paula.
»Warum musst du so weit weggehen?«, schluchzte sie
immer wieder. »Ihr sollt beide bei uns in Aptos bleiben,
ihr könnt doch hier zur Schule gehen.« Natürlich wusste
Lilli, dass wir nicht in Aptos studieren konnten, aber im
Abschiedsschmerz war ihr das egal. Der Abschied selbst
war dann noch viel schlimmer, denn dabei weinte nicht
nur Lilli, sondern auch Mom und selbst Paula hatte Tränen in den Augen. Im Wartebereich beruhigte sich Paula
zum Glück schnell wieder. Im Flugzeug strahlte sie dann
sogar schon wieder, als wir unsere Plätze einnahmen.
Dad hatte uns zur Feier des Tages, Plätze in der ersten
Klasse gebucht und das fand sie sehr aufregend. Ich
musste immer wieder über ihre Bemerkungen lächeln.
    »Auf in ein neues Leben«, erklärte sie auf ernst und
holte ihren neuen Laptop, ein Abschiedsgeschenk unserer Eltern, aus der Tasche und stellte ihn vor sich auf den
kleinen Tisch.
    »Ich will ab jetzt ein digitales Tagebuch führen«,
erklärte sie, als sie meinen Blick bemerkte. Und dann
schrieb sie den Satz, den sie gerade gesagt hatte als Über-
schrift. Für uns beide begann nun wirklich ein neuer
Lebensabschnitt. Mein Psychologiestudium würde mich
vor völlig neue Herausforderungen stellen, aber auch für
sie würde die Uni eine große Umstellung werden.

Paula - Neue Bekanntschaften

Ich war total erschöpft und wie erschlagen, als wir endlich im Taxi zur Wohnung saßen. Der stundenlange Flug und die vielen Menschen am Flughafen hatten mich wirklich geschafft. Nun musste ich mich sehr zusammenreißen, um nicht noch während der Fahrt einzuschlafen. Unsere Mitbewohner würden schon in der Wohnung sein, wenn wir ankamen und ich wollte die letzten Minuten mit Alexander allein genießen. Auch wenn er selbst nicht mehr sonderlich gesprächig war, mit ihm schweigen, war auch schön. Seine Nähe war mir die ganze Zeit sehr bewusst und am liebsten hätte ich mich einfach an ihn gekuschelt und die Augen geschlossen. Aber ich traute mich nicht, nachdem er mir vorhin erst erzählt hatte, wie sehr ihn anhängliche Frauen nervten. Wie würde ihn das dann erst bei seiner kleinen Schwester nerven? Ich durfte nicht vergessen, dass er nicht so für mich fühlte, wie ich für ihn.

Schon während des Fluges redeten wir über alles Mögliche, auch über die Liebe und Beziehungen. Aber ich hatte möglichst um den heißen Brei herum geredet und nur erzählt, dass ich zwar in einen Jungen verliebt war, er aber nicht in mich. Alex fragte zwar nach, ob er den Jungen kennen würde, aber ich konnte schnell das Thema wechseln und ihn fragen, wie es in Sachen Liebe bei ihm aussah. Zum Glück erzählte er, dass er schon über sechs Monate Single war und die paar Dates, die er seitdem gehabt hatte, ein Reinfall gewesen waren. Erleichtert atmete ich auf. Ich hätte es nicht ertragen, wenn da ein Mädchen gewesen wäre, das er regelmäßig mit in unsere WG gebracht hätte.

Endlich hielt das Taxi vor dem Haus in der Alexanders, besser unsere Wohnung lag. Natürlich kannte ich das Haus schon von einigen Besuchen her, aber daran, dass ich jetzt wirklich auch hier wohnte und nicht nur Gast war, musste ich mich erst gewöhnen. Aber das würde sicherlich nicht lange dauern, ich fand mich in neuen Situationen immer ziemlich schnell zurecht und im Gegensatz zur Universität und meinen Mitstudenten kannte ich die Wohnung wenigstens schon.

Wenn man die Wohnung betrat, stand man gleich im Wohnzimmer, von dem die Küche und ein Flur zu den Zimmern abging. Nur eines der Zimmer hatte ein eigenes Bad, die anderen mussten sich eins teilen. Ich wusste, dass Alexander dieses Zimmer bewohnte, seit er in diese Wohnung gezogen war. Nun aber zog er mich zielstrebig zu genau diesem Zimmer, öffnete die Tür und grinste mich erwartungsvoll an.

»Na, was sagst du?«, fragte er aufgeregt.

»Wozu?«, fragte ich leicht verwundert, warum er mich hierher führte. Schließlich kannte ich diesen Raum ja schon von unseren Besuchen.

»Na, zu deinem Zimmer! Ich habe es extra in deiner Lieblingsfarbe gestrichen, bevor ich nach Europa geflogen bin.« Er lachte leise auf, sodass mir wohlige Schauer über den Rücken liefen. Ich liebte sein Lachen einfach viel zu sehr und dass er dieses Zimmer extra für mich renoviert hatte, machte ihn noch perfekter.

»Es ist wirklich mein Zimmer?« Konnte ich das überhaupt annehmen?

»Wenn du es nicht willst, nehme ich es gern«, hörte ich auf einmal eine Stimme hinter mir. Verwundert sah ich mich um, hinter mir stand eine wunderschöne Blondine. »Ich bin Catherine«, erklärte sie mir etwas von oben herab. »Und ich hätte wirklich lieber das Zimmer mit dem eigenen Bad, als mir eins mit Ben und Alexander zu teilen ...« Alexander warf ihr einen Blick zu, den ich nicht verstand. Es war fast, als würden die beiden stumm kommunizieren. Sofort überkam mich ein ungutes Gefühl. Waren die beiden etwa ein Paar?

»Das Thema hatten wir doch schon, Catherine! Wenn du hier wohnen willst, bekommst du das Zimmer neben Ben. Dieses Zimmer bekommt meine Schwester.« Alexander sprach nun sehr entschieden und lächelte mir dann entschuldigend zu.

»Das Zimmer gehört dir, Paula.« Für ihn schien das Thema damit erledigt zu sein, doch Catherine wollte nicht klein bei geben.

»Kann deine Schwester nicht für sich selbst sprechen?« Man war diese Frau zickig.

»Doch kann ich und deshalb danke ich dir, Alex. Es ist so lieb von dir, dass du für mich auf das Zimmer verzichtest.« Da wir nicht allein waren, umarmte ich ihn nur ganz kurz, um ihm zu zeigen, wie sehr ich mich freute.

»Wie süß, da hat aber jemand seinen Bruder lieb.« Mir wurde übel, war es so offensichtlich, was ich für Alex fühlte, dass sie mich schon nach diesen paar Minuten durchschaute?

»Ja und?«, fragte Alex. »Ich mag meine Schwester auch sehr und du bist besser nett zu ihr, oder du bekommst Ärger mit mir.« Alexander sagte es zwar mit einem Augenzwinkern, aber sein Ton machte deutlich, wie ernst es ihm war. Ich lächelte sie leicht an, bekam von ihr

auffallen. Mein Lieblingsbild, auf dem wir Arm in Arm auf unseren Baumstamm am Strand saßen, war ungefähr ein Jahr alt und stand sogar auf meinem Nachttisch. Dort stand es schon in Aptos und ich verriet niemanden, dass ich es jeden Abend küsste, ehe ich das Licht ausschaltete. An diesem ersten Abend sah ich Catherine nicht wieder, da sie ihr Zimmer nicht mehr verließ und auch Ben sah ich nur ganz kurz, als er von seinem Nebenjob kam. Aber im Gegensatz zu seiner Freundin begrüßte er mich sehr herzlich, bevor er in seinem Zimmer verschwand. Wir kannten uns ja schon und hatten uns immer gut verstanden. Ich hoffte sehr, dass ich mich auch mit Catherine anfreunden könnte, denn das würde das Zusammenleben sehr erleichtern.

Alexander und ich machten es uns also zu zweit gemütlich und redeten beim Essen über alles Mögliche. Mit ihm konnte ich besser reden, als mit jedem anderen Menschen auf dieser Welt. Nachdem wir die von ihm bestellte Pizza gegessen hatten, legte er noch eine DVD ein und wir lümmelten uns auf das riesige Sofa. Richtig sitzen konnte man bei der Tiefe gar nicht, aber wunderbar liegen oder eben lümmeln. Es war ein langer Tag gewesen und deshalb war ich so kaputt, dass ich von dem Film nicht viel mitbekam und irgendwann wohl eingeschlafen sein musste. Denn als ich wach wurde, war der Bildschirm blau und ich lag mit meinem Kopf auf Alexanders Brust. Wie der da hingekommen war, wusste ich nicht. Am Abend hatten wir noch ganz normal nebeneinander gesessen und nun lagen wir hier aneinander gekuschelt.

Plötzlich hörte ich ein Geräusch aus der Küche, dort klappte eine Tür und ein nur mit einer Unterhose bekleideter Ben kam mit einer Flasche Wasser ins Wohnzimmer.

»Die Couch ist gemütlich, oder?«, fragte er einfach, als er grinsend an mir vorbei ging. »Oder ist dein Bruder gemütlicher?« Zum Glück schien er es völlig normal zu finden, dass wir hier so lagen. Ich lächelte ihm zu und erhob mich, um in mein Zimmer zu gehen, auch wenn ich gern weiter mit Alexander gekuschelt hätte. Aber wenn Ben uns am Morgen wieder so sehen würde, könnte er bemerken, dass Alexander für mich mehr als nur ein Bruder war, schließlich wusste er, dass ich wach gewesen war und ich wollte auf keinen Fall, dass jemand etwas bemerkte. Bevor ich das Wohnzimmer verließ, deckte ich Alexander noch mit einer Wolldecke zu, die auf der Sofalehne lag und schaltete den Fernseher aus, damit Alexander besser schlafen konnte. Dann folgte ich Ben leise aus dem Zimmer und schloss vorsichtig die Tür, um Alex nicht zu wecken.

Kaum waren wir im Flur, ging dort das Licht an und blendete mich. Catherine stand mit in die Hüften gestemmten Händen vor uns und funkelte uns an.

»Was ist denn hier los?«, fragte sie. Ihre Stimme klang stinksauer. »Kaum hier und schon spannst du mir meinen Freund aus? Reicht es dir nicht, dass Alexander dir schon mein Traumzimmer gegeben hat? Ich hasse dich, Paula Baker!« Zum Ende hin war ihre Stimme immer lauter geworden und ich stand einfach da, wie ein Reh im Scheinwerferlicht. Dachte sie etwa wirklich, dass ich etwas mit Ben anfangen würde und das nur wenige Stunden, nachdem ich in New York gelandet war? Okay, Ben war wirklich sehr leicht bekleidet und ich sah nach dem Schlafen auf dem Sofa wahrscheinlich auch ziemlich zerzaust aus, aber trotzdem.

Erst als ihre Tür laut zuknallte, bewegte sich Ben wieder, auch er war wohl wie erstarrt gewesen.

»Scheiße«, murmelte er und ging zu ihrer Tür, um ihr zu folgen. Doch Catherine hatte abgeschlossen, denn er rüttelte erfolglos an der Türklinke.

»Baby, du verstehst da was völlig falsch. Bitte lass mich rein und es dir erklären«, bettelte er, doch aus dem Zimmer kam keine Reaktion. Ich sagte, dass es mir leidtat, und ging in mein Zimmer. So hatte ich mir meinen Einstand hier wirklich nicht vorgestellt. Ich hoffte nur für Ben, dass er alles mit Catherine klären könnte, sonst könnte uns eine schwere Zeit bevorstehen.

Paula - Zickenkrieg und neue Freunde

Genervt ging ich in mein Zimmer und warf mich dort aufs Bett. Drei Wochen wohnte ich jetzt hier und ich hatte das Gefühl, dass es täglich schlimmer wurde. Catherine machte mich einfach wahnsinnig und ich wusste nicht, wie ich auf ihre Zickigkeiten noch reagieren sollte. Egal, was ich tat und wenn ich mir auch nur etwas zu Essen in der gemeinsamen Küche machte, sie kam und stänkerte. Wenn Alexander da war, hielt es sich noch in Grenzen und wenn Ben da war, tat sie alles, um ihn von mir fernzuhalten, als würde ich jeden Augenblick über ihn herfallen. Aber heute, da mein Bruder nach der Uni gleich mit Ben zu seiner Lerngruppe gefahren war, musste ich es allein mit ihr aufnehmen und das machte mich langsam fertig. Ich hatte niemanden, mit dem ich über meine Probleme reden konnte, an der Uni gab es zwar einige nette Leute, aber bisher kannte ich noch niemanden näher. Ich öffnete, wie so oft in letzter Zeit meinen Laptop und tippte alles, was mich bewegte, in mein Tagebuch.

Freitag der zwölfte Oktober 2014

Heute hat Catherine mal wieder den Vogel abgeschossen und mich fast zur Weißglut getrieben, dabei fing alles ganz harmlos an. Während ich dabei war, meine Tomaten für die Soße zu schneiden, hat sie sich an den Küchentisch gesetzt und sich einen Fertigsalat mit Dressing aus der Flasche zubereitet und ab und zu blöde Kommentare abgegeben, die ich schon gar nicht mehr hörte.

»Naja, als Hausmütterchen eignest du dich wenigstens«, hat sie mit einem abwertenden Blick auf mein Essen gemeint und langsam fiel mir das Ignorieren schon schwerer. »Aber auch wenn es heißt, dass Liebe durch den Magen geht, kannst du Ben damit sicherlich nicht beeindrucken.« Ich habe ihr erst gar nicht geantwortet, denn egal wie oft ich ihr erklärte, dass ich gar nichts von Ben wollte, sie glaubt mir ja sowieso nicht. Außerdem bin ich es leid, mich zu rechtfertigen. »Ja, ja«, war deshalb meine einzige Antwort, was ihr auch nicht recht war. Allerdings habe ich ihre Schimpftirade einfach ignoriert und weiter gekocht.

Catherine hat einfach keine Ruhe gegeben, bis ich ihr vorgeschlagen habe, sich doch mit Ben zusammen eine andere WG zu suchen.

»Was denkst du dir? Ich werde sicher nicht das Feld räumen, wegen dir billigen Schlampe. Du bist doch eh nur hier, weil Alexander denkt, er wäre es dir schuldig! Wenn du nicht wärst, könnte Irina hier mit einziehen und dann würde er sicher schnell merken, dass sie die Richtige für ihn ist.« So ging es die ganze Zeit weiter, während ich kochte und aß. Und deshalb habe ich kaum etwas gegessen, obwohl es sehr gut geschmeckt hat, aber Catherines ständige Anfeindungen verderben mir einfach den Appetit. Wenn sie denn wenigstens einen Grund für ihre Anschuldigungen hätte, aber von Ben will ich nun wirklich nichts. Der ist ein ganz lieber Kerl, aber doch irgendwie ein Waschlappen. Er steht völlig unter Catherines Fuchtel und geht mir möglichst aus dem Weg, um sie nicht zu verärgern, statt ihr mal die Meinung zu sagen.

Der Einzige, der von dem ganzen Theater hier in der Wohnung nichts mitbekommt, ist immer noch Alexander. Ich habe zwar schon mehrmals überlegt, mit ihm darüber zu sprechen, aber ich will ihn nicht damit belasten. Sein studienbegleitendes Praktikum nimmt ihn schon genug in Anspruch. Er eilt im Moment ja sowieso nur von der Uni, zur Klinik oder zu irgendwelchen Lerngruppen. Allerdings mag ich es, dass er so zielstrebig arbeitet. Warum muss auch ausgerechnet mein Bruder der perfekteste Mann der Welt sein?

Ein Klingeln an der Wohnungstür lenkte mich ab und ich speicherte schnell, bevor ich dann die Datei schloss. Auf keinen Fall sollte irgendjemand in diesem Tagebuch lesen, dafür war es mir viel zu peinlich. Schließlich gingen die meisten Einträge darum, wie sehr Catherine mich hasste oder wie sehr ich Alex liebte und beides war nicht für die Augen Anderer bestimmt. Ich wusste mittlerweile schon, dass Catherine sowieso nicht zur Tür gehen würde, solange ich da war. Sie empfand das unter ihrer Würde und deshalb ging ich gleich selbst, um zu öffnen.

Etwas überrascht war ich dann über die Person, die vor der Tür stand.

»Melissa, was machst du denn hier?« Melissa war in zwei von meinen Kursen und in moderner Architektur bei Professor Stone. Wir saßen schon am ersten Tag zufällig nebeneinander und lachten zusammen über den so passenden Namen. Nicht nur, dass er Architektur lehrte, er hatte auch noch eine so graue Haut, dass er fast wie Stein aussah.

»Hallo Paula«, begrüßte sie mich schüchtern. »Entschuldige bitte die Störung. Ich habe zufällig vorhin gesehen, dass du hier in die Wohnung gegangen bist und da ich direkt in der Wohnung gegenüber bei meiner Tante lebe, dachte ich, dass du mir vielleicht helfen könntest. Ich habe meine Aufzeichnungen des heutigen Seminars verloren und wollte dich fragen, ob du mir vielleicht deine leihen könntest.« Sie lächelte verlegen und ich merkte ihr an, wie schwer ihr diese Bitte gefallen sein musste.

»Komm rein, natürlich bekommst du meine Unterlagen«, begrüßte ich sie. »Das ist ja ein Zufall, dass wir nicht nur in einem Kurs sitzen, sondern auch noch in einem Haus und auf der gleichen Etage wohnen«, lachte ich. Nun konnte ich endlich das Monsterteil in meinem Zimmer ausprobieren, das mir meine Großeltern zum Studienbeginn schenkten. Ein riesiger Scanner, Drucker und Kopierer in einem. Bisher hatte ich nur probeweise etwas ausgedruckt, die anderen Funktionen aber noch nicht ausprobiert.

Während ich sie durch die Wohnung zu meinem Zimmer führte, sah Melissa sich neugierig um.

»Du wohnst also nicht bei Verwandten, sondern in einer richtigen Studenten-WG, oder?«, fragte sie aufgeregt und fast sehnsuchtsvoll. »Ich wäre auch gern in eine WG gezogen, aber meinen Eltern war das zu gefährlich. Nun wohne ich bei meiner Tante und ihrem Mann, nur haben die drei kleine Kinder. Versteh mich nicht falsch, ich mag die Knirpse, aber in Ruhe lernen ist da manchmal wirklich schwierig.« Melissa gefiel mir sehr, sie hatte so eine offene Art, warum konnte nicht sie meine Mitbewohnerin sein, statt Catherine?

»Wenn du Ruhe zum Lernen brauchst, komm doch einfach rüber«, bot ich ihr an. »Wir können dann gemeinsam lernen. Das macht doch viel mehr Spaß, als allein. Meine Mitbewohner studieren alle etwas anderes.«

Lissy, wie ich sie wenig später auf ihren Wunsch hin nannte, und ich verbrachten den ganzen Nachmittag gemeinsam. So gut wie mit ihr, hatte ich mich schon lange mit niemandem mehr unterhalten. Wir achteten gar nicht auf die Uhr, bis es an meiner Tür klopfte.

»Paula, ich hab uns Pizza mitgebracht, kommst du?«, hörte ich Alexander fragen. Erschrocken sah ich auf die Uhr und stellte fest, dass es schon fast acht Uhr abends war. Wo war die Zeit nur hin?

»Magst du mit uns essen?«, fragte ich Lissy. »Ich darf sowieso nicht so viel Pizza, weil ich heute Mittag schon warm gegessen habe, aber ich möchte meinen Bruder auch nicht enttäuschen, sonst bringt er mir nachher beim nächsten Mal nichts mit.« Ich zwinkerte ihr zu und sie lachte leise. Dabei war das meine geringste Sorge, aber das musste ich ihr ja nicht sagen. Natürlich würde ich nicht gleich dick werden, wenn ich einmal öfter warm essen würde, aber ich wollte mehr Zeit mit Lissy und jede Sekunde mit Alex verbringen und so konnte ich das verbinden. Obwohl ich sie kaum kannte, hatte ich keine Angst, dass sie sich meinem Bruder gleich an den Hals werfen würde, so wie Michelle.

Leider wartete im Wohnzimmer nicht nur Alexander auf uns, sondern auch Ben und Catherine saßen mit am Tisch. Ich stellte alle einander vor und hoffte, dass Catherine mich nicht gleich vor meiner neuen Freundin blamieren würde, aber zum Glück riss sie sich in Gegenwart von Alex und ihrem Freund zusammen und warf uns nur verächtliche Blicke zu, während wir uns gut mit den Jungs über alles Mögliche unterhielten. Leider klingelte Melissas Handy und ihre besorgte Tante erkundigte sich, wo sie war. Nachdem Lissy ihr das fünf Mal erklärt hatte, gab sie entnervt auf.

»Ich geh wohl besser rüber, Paula«, erklärte sie.»Sehen wir uns morgen?« Wir machten noch aus, dass wir am Morgen zusammen zur Uni fahren würden und dann ging sie wirklich. Ich zog mich kurz darauf auch auf mein Zimmer zurück, weil mir Catherines Blicke zu sehr auf die Nerven gingen.

In den nächsten Tagen wurde die Freundschaft zu Lissy immer enger und schon nach einer Woche konnte ich mir nicht mehr vorstellen, wie es ohne sie gewesen war. Wir verbrachten ziemlich viel Zeit gemeinsam, fuhren zusammen zur Uni, wenn es von den Kursen her passte, lernten zu zweit in meinem Zimmer oder redeten einfach stundenlang über alles Mögliche. Unsere Einstellung zu vielem war so ähnlich, dass man denken könnte, wir wären Zwillinge oder so.

»Paula?«, fragte Lissy eines Morgens.»Könntest du mir einen Riesengefallen tun?« Ich hörte genau, dass es ihr unangenehm war, mich das zu fragen.

»Klar, was denn?«, fragte ich sofort. Ich war mir sicher, dass es schon nicht so schlimm sein würde.»Würdest du morgen zum Kaffeetrinken zu meiner Familie mitkommen? Sie wollen dich unbedingt kennenlernen, weil wir jetzt so viel Zeit zusammen verbringen. Du musst natürlich nicht, wenn du nicht willst. Ich könnte das verstehen. Meine Tante und mein Onkel sind … mhhh … schwierig.« Sie klang leicht resigniert und ich wusste, dass sie Probleme mit ihrem Onkel hatte, aber warum, erklärte sie bisher noch nicht. Ich fragte mich sowieso schon warum, schließlich verstanden wir uns super, aber ich erzählte ihr ja auch noch nicht von meinen Gefühlen für Alexander. Also konnte ich ihr deshalb nicht böse sein.

Irgendwann würden wir sicher über unsere Familien-geheimnisse sprechen.

»Klar, komme ich. Was soll schon dabei sein?«, fragte ich.

Paula - Kaffeetrinken mit den Stevensons

Pünktlich um eine Minute vor drei Uhr stand ich am nächsten Nachmittag vor der gegenüberliegenden Wohnungstür, hinter der die Stevensons lebten. Dank Catherine, die meine Blumen, die in der Küche standen, in den Mülleimer geworfen hatte, trug ich nun nur eine Schachtel Pralinen bei mir. Die waren zwar eigentlich für Lissys Onkel gedacht gewesen, aber nun mussten sie für beide ausreichen. Für die Kinder brachte ich jeweils eine Tafel Schokolade mit, da Lissy mir erzählt hatte, dass sie selten welche bekamen. Eigentlich mochte ich solche unpersönlichen Geschenke nicht, aber ich kannte außer Lissy ja noch niemanden von ihnen, eigentlich seltsam, wenn man bedachte, dass wir direkt nebeneinander wohnten. Aber das war halt New York und nicht Aptos, wo jeder jeden kannte.

Kaum dass ich geklingelt hatte, hörte ich auch schon Schritte hinter der Tür. Trotzdem dauerte es noch einige Zeit, bis sie geöffnet wurde.

»Hallo, du musst Paula sein. Komm doch rein«, begrüßte mich Lissys Tante ziemlich nervös und rief dann sofort nach Lissy, die auch schnell aus einem Zimmer kam.

»Paula!«, rief sie freudig und umarmte mich. »Komm mit in die Küche, mein Onkel ist noch nicht da und dann warten wir besser dort.« Ich überreichte Mrs. Stevenson die Pralinen und die Schokolade für die Kinder und sie ließ die Sachen schnell im Schrank verschwinden und erklärte, dass diese ihr Mann zuteilen müsse. Ich warf Lissy einen fragenden Blick zu, aber die rollte nur mit den Augen und zuckte mit den Schultern. Die ganze Wohnung der Stevensons war sehr aufgeräumt, aber total düster und fast trostlos. Ein paar sehr einfache, dunkle Möbel standen im Wohnzimmer. Ein altmodisches graues Cordsofa, ein Tisch und ein schmuckloser Schrank, das war es. Alles war sehr sauber, wirkte aber einfach leblos und nicht wie das Wohnzimmer einer Familie mit drei kleinen Kindern. Nirgendwo war irgendeine Art von Dekoration, ein Foto oder auch nur ein Buch zu sehen, das Aufschluss über die Menschen gab, die hier lebten. Die schweren, grauen Vorhänge an den Fenstern sorgten dafür, dass dieser Eindruck noch verstärkt wurde. Kaum ein Lichtstrahl drang von außen herein und dadurch, dass die Küche hier nicht offen war, so wie unsere, sondern mit einer dunkel getäfelten Wand vom Wohnzimmer abgetrennt war, wurde dieser Eindruck noch verstärkt.

Die Küche, in die Mrs. Stevenson mich führte, war ebenfalls ziemlich dunkel und sehr sauber. Auf dem schwarzen Tisch standen vier weiße Kaffeetassen und Kuchenteller, auf denen je ein Stück Sandkuchen lag. »Setz dich doch bitte. Wir warten nur noch auf meinen Mann, ehe wir anfangen.« Sie setzte sich ebenfalls und schwieg dann, während Lissy und ich uns leise über das Studium unterhielten. Ich merkte, dass Lissy hier ganz anders war, als in der Uni oder wenn sie bei uns war. Sie war viel ruhiger und zurückhaltender, aber das war in dieser ungemütlichen Atmosphäre ja auch kein Wunder. Ich fragte mich, wo ihr Onkel und die Kinder waren? Schließlich war ich doch eingeladen worden.

Nach einer gefühlten Ewigkeit, dabei waren es gerade einmal fünfzehn Minuten, wie mir ein Blick auf die Uhr verriet, hörten wir, dass jemand die Wohnung betrat. »Geht euch die Hände waschen und verschwindet dann ins Kinderzimmer, ich will keinen Mucks von euch hören«, befahl Mr. Stevenson barsch, ich nahm zumindest an, dass nur er es sein konnte, und dann öffnete sich auch schon die Tür zur Küche. Sofort sprang Mrs. Stevenson wie von der Tarantel gestochen auf, um ihren Mann zu begrüßen. Auch Lissy erhob sich unnatürlich schnell. Natürlich blieb auch ich nicht sitzen, sondern begrüßte ihn, wie es sich gehörte. Das hinderte ihn aber nicht daran, mich von oben bis unten abschätzend zu mustern, ehe er mir die Hand gab.

»Du studierst auch Architektur?«, fragte er dann und ich bestätigte das. »Nicht unbedingt der richtige Beruf für eine Frau. Oder suchst du auch nach dem passenden Mann in den Vorlesungen, der die Firma deines Vaters übernehmen kann, so wie Melissa?« Ich war wirklich sprachlos über diese Frage. In welchem Jahrhundert lebte dieser Mann? Ich warf Lissy einen fragenden Blick zu, denn ich wusste wirklich nicht, was ich darauf antworten sollte, aber sie starrte nur auf ihren Teller und sah mich gar nicht an.

Da ich nicht sofort antwortete, fragte Mr. Stevenson noch einmal nach, was mein Vater beruflich machte. Mich ärgerte, dass er nur nach ihm fragte, meine Mutter schien, seiner Meinung nach, völlig unwichtig zu sein.

»Mein Vater ist Neurochirurg und meine Mutter ist Kinderbuchautorin.« Das Letzte betonte ich extra, aber Mr. Stevenson schnaufte nur.

»Kinderbuchautorin, was für ein Schwachsinn. Das einzige Buch, das eine Daseinsberechtigung hat, ist die

Bibel«, höhnte er regelrecht und hielt mir dann einen Monolog über die Bibel, die Rolle der Frau und wie schrecklich es war, dass heute so viele Menschen völlig falsch lebten. Lissy rutschte unruhig auf ihrem Stuhl hin und her. Ich hatte das Gefühl, dass sie immer unruhiger wurde, je länger ihr Onkel redete. Wahrscheinlich war ihr die ganze Situation furchtbar unangenehm und ich schwor mir, dass ich nie wieder mit diesem Mann am Tisch sitzen würde, wenn es sich irgendwie verhindern ließe.

Nach gefühlten drei Stunden, in Wirklichkeit waren es nur dreißig Minuten gewesen, war er endlich fertig und da der Kuchen auch schon längst aufgegessen, und der Kaffee ausgetrunken war, entließ Mr. Stevenson uns großmütig aus der Küche.

»Magst du noch kurz mit in mein Zimmer kommen oder willst du lieber gehen?«, fragte Lissy mich schüchtern im Flur. Man merkte ihr an, dass sie sich am liebsten in Luft aufgelöst hätte. »Ich könnte es verstehen, wenn du hier nur noch raus willst. Mein Onkel ist sehr ...« Sie rang sichtbar nach Worten.

»Er ist sehr speziell, würde ich sagen. Aber deshalb laufe ich nicht weg, keine Angst. Zeig mir dein Zimmer und dann machen wir es uns gemütlich.« Ich legte meinen Arm um sie und lächelte ihr aufmunternd zu.

»Ich zeige dir mein Zimmer und dann gehen wir besser zu dir, wenn es dir recht ist«, meinte Lissy und öffnete eine Tür. »Gemütlich ist es hier nämlich wirklich nicht und leise müssen wir auch sein, damit wir die Kinder nicht stören, da kennt mein Onkel keinen Spaß. Die Armen müssen immer von drei Uhr an, zwei Stunden ruhig in ihren Zimmern bleiben, seit sie keinen

Mittagsschlaf mehr machen. Falls sie stören, bekommen sie kein Abendessen.«

Entsetzt sah ich Lissy an, das konnte doch nicht ihr Ernst sein. Leider sagte mir ein Blick in ihr Gesicht, dass es ihr voller Ernst war.

»Hier, das ist mein Zimmer«, erklärte sie und ließ mich einen Blick in den Raum werfen. Das Zimmer war groß und leer. Nur ein zweitüriger Kleiderschrank, ein Bett, ein Schreibtisch und ein unbequem aussehender Holzstuhl standen dort.

»Nicht sonderlich gemütlich, oder? Lass uns lieber zu dir gehen, da können wir auch besser reden.« Wir verabschiedeten uns noch höflich von Lissys Verwandten und gingen dann schnell rüber in meine WG.

»Ufff, das hätten wir geschafft. Entschuldige bitte, dass ich dir dieses Kaffeetrinken angetan habe, aber mein Onkel hat darauf bestanden und ich wusste echt nicht, wie ich dich vorwarnen sollte. Ich hoffe, du bist mir jetzt nicht böse«, ratterte sie herunter, kaum, dass wir im Wohnzimmer waren. Zum Glück war außer uns niemand anwesend. Ich hoffte nur, dass Catherine nicht gleich auftauchen würde.

Kaum war die Tür zu, ging ich zum Sofa, ließ mich darauf fallen und bedeutete Lissy, es sich ebenfalls bequem zu machen.

»Wie hältst du es bei denen nur aus?«, fragte ich immer noch ehrlich geschockt über unsere Nachbarn. Lissy zuckte mit den Achseln.

»Bei uns Zuhause ist es ja nicht sehr viel anders. Meine Mutter ist meiner Tante und ihrem Mann sehr ähnlich, mein Vater ist zum Glück nicht ganz so streng. In unserer Kirche ist das relativ normal. Die meisten Mädchen werden gleich nach der Schule dazu genötigt, zu heiraten.

49

Mein Dad hat sich durchgesetzt, dass ich eine Ausbildung meiner Wahl machen durfte. Ich glaube, er würde am liebsten aus der Glaubensgemeinschaft austreten, denn er legt sich oft mit unserem Priester an. Zum Glück ist er für meine Mutter ›der Herr des Hauses‹ und hat damit immer das letzte Wort, sonst hätte sie es mir wohl verboten, hierher zu kommen und zu studieren. Ihre Bedingung war halt, dass ich nicht bei Fremden wohnen darf.«

Ich fragte mich, was das nur für eine seltsame Kirche war, stellte die Frage aber nicht laut. Irgendwie klang das Ganze ja eher nach einer Sekte, als nach der Kirche. Auch wenn ich zugeben musste, dass ich mit der Kirche sowieso nicht viel am Hut hatte. Ab und zu besuchten wir in Aptos den Gottesdienst, aber eher weil ›man‹ das so machte und sicher nicht, weil wir besonders gläubig waren.

»Du kannst jederzeit hier rüber kommen, wenn du es drüben nicht mehr aushältst. Wir könnten ein Schlafsofa besorgen und in mein Zimmer stellen, dann kannst du auch bei mir schlafen«, bot ich ihr an. Viel lieber noch hätte ich ihr ja Catherines Zimmer angeboten, aber das konnte ich leider nicht. Erstens hatte diese ja einen gültigen Mietvertrag und zweitens befürchtete ich, dass Lissys Familie damit sowieso nicht einverstanden wäre, auch wenn Lissy schon achtzehn war und somit volljährig.

Lissy war begeistert von meiner Idee und in den nächsten Wochen bürgerte es sich ein, dass sie immer mehr bei mir lebte, als bei ihrem Onkel. Der war zwar absolut dagegen, tat aber nichts, außer zu meckern. Dabei bekam er nicht einmal mit, wie oft Lissy wirklich bei mir war, da er sehr viel arbeitete und selten zu Hause war. Lissys

Tante dagegen war einfach froh, wenn sie sich um eine Person weniger kümmern musste, und verriet uns nicht. Da wir ihr auch noch ab und zu die Kinder abnahmen, um mit ihnen in den Park zu gehen, drückte sie erst recht beide Augen zu, auch wenn wir wieder einige von Lissys Sachen aus der Wohnung gegenüber holten. Wahrscheinlich wäre sie sogar ganz froh, wenn das Zimmer frei würde und ihre Kinder damit mehr Platz hätten.

Catherine war natürlich dagegen, dass Lissy so oft da war, aber da sie sowieso immer nur mosern konnte, interessierte mich das wenig. Das Einzige, was mir nicht gefiel, waren die Blicke, die Alexander uns oft zuwarf. Ich hatte das Gefühl, er missverstand Lissys und meine Freundschaft und glaubte den Gerüchten, die es in Aptos gegeben hatte. Wenn er nur wüsste, wem mein Herz wirklich gehörte. Aber der einzige, der das wusste, war mein Laptop und der verriet es niemanden.

Alexander - Abwechslung vom WG-Alltag

Es war noch dunkel, als ich aufwachte. Ein schneller Blick auf den Wecker, zeigte mir, dass es erst halb fünf Uhr morgens war und das an einem Sonntag. Noch viel zu früh zum Aufstehen, sagte ich mir selbst. Obwohl ich ausgeschlafen hatte, blieb ich noch etwas im Bett liegen und dachte nach. Das neue Semester war nun schon fast fünf Wochen alt und eigentlich sollte man doch denken, dass sich die WG nun langsam eingespielt haben sollte. Aber leider war dem nicht so.

Obwohl weder Paula noch Catherine mich direkt darauf ansprachen, merkte ich doch, dass die beiden absolut nicht miteinander klar kamen. Aber ich bemerkte natürlich die fiesen Sticheleien von Catherine und die unglücklichen Blicke von Paula schon vom ersten Tag an. Eigentlich hatte ich gehofft, dass die beiden das allein hinbekommen würden, und wollte mich da auch nicht direkt einmischen. Mit meinem Studium und der Praktikumsstelle hatte ich auch viel um die Ohren, dass mir bisher einfach die Zeit fehlte, um mich mehr um Paula zu kümmern. Ich hatte ein tierisch schlechtes Gewissen deshalb. Meine ganzen Pläne, was ich mit ihr machen wollte, waren bisher nichts geworden. Statt ihr die Stadt zu zeigen und sie mit allem vertraut zu machen, hatte ich sie allein gelassen mit der zickigen Catherine und Ben, der immer mehr zu einem Schoßhündchen wurde. Oft fragte ich mich, ob ich mir nicht doch mehr Zeit für Paula nehmen müsste, zumal sie anfangs wirklich oft unglücklich zu sein schien, aber mir fehlte einfach die Zeit dazu.

Seit Lissy nun mehr oder weniger in Paulas Zimmer eingezogen war, schien sich zumindest ihre Laune stark gebessert zu haben. Die beiden Mädchen führten fast ihr ganz eigenes Leben innerhalb der WG, was mir wirklich leidtat. Im Wohnzimmer hielten die beiden sich so gut wie gar nicht auf, zumindest sah ich sie dort eigentlich nie und in die Küche gingen sie auch meistens nur zum Kochen und dann nahmen sie ihr Essen mit in Paulas Zimmer. Ich überlegte immer wieder, ob sie das wegen Catherine taten, die das Wohnzimmer meistens belegte oder ob sie einfach nur allein sein wollten. War vielleicht doch etwas an den Gerüchten dran und Paula liebte Lissy? Auch wenn die beiden eigentlich nicht wirklich einen verliebten Eindruck machten, fragte ich mich das doch immer wieder. Vielleicht wollten sie es auch einfach nur geheim halten, damit Melissas komischer Onkel nichts davon erfuhr. Unseren Nachbarn hatte ich in den letzten Jahren schon öfter getroffen und dabei auch mitbekommen, wie er mit seiner Frau und den armen Kindern umging. Er behandelte seine Frau wie einen Gegenstand und die Kinder mussten ständig gehorchen, sonst gab es sofort großen Ärger. Und wenn er schon in der Öffentlichkeit so mit ihnen umging, wollte ich gar nicht wissen, was sich dort hinter verschlossenen Türen abspielte. Deshalb konnte ich auch verstehen, dass Melissa sich lieber bei Paula aufhielt.

Manchmal kam mir auch der Gedanke, dass ich Paula Unrecht tat und sie einfach nur eine gute Freundin für Melissa war. Wer würde seine Freundin schon bei so einer Familie wohnen lassen, wenn doch im eigenen Zimmer noch genug Platz war? Irgendwie war mir diese

Erklärung viel lieber, als die, dass Paula wirklich auf Mädchen stehen würde. Dabei war ich wirklich nicht homophob oder so, aber bei ihr wollte ich es einfach nicht glauben. Auf jeden Fall nahm ich mir vor, dass ich bald endlich mehr Zeit mit Paula verbringen wollte. Mein Praktikum war fast beendet, ich hatte vier Referate angefertigt und zwei wichtige Prüfungen hinter mich gebracht, nun würde es bis nach Thanksgiving hoffentlich etwas ruhiger werden.

Da ich sowieso nicht mehr schlafen konnte, gab ich es auf. Ich bereitete für mich, Paula und Melissa das Frühstück vor, auch wenn ich nicht wusste, wie lange die beiden schlafen würden. Ben und Catherine waren gestern Nachmittag zu seinen Eltern gefahren und würden erst spät am Abend wieder kommen und so beschloss ich, meinen Plan in die Tat umzusetzen und mich heute um meine kleine Schwester zu kümmern. Die Gelegenheit war günstig und vielleicht hatten sie und Melissa ja Lust, irgendetwas zu unternehmen und wenn nicht, könnten wir einen Gammeltag hier in der Wohnung machen. Ich würde mich dabei ganz nach den Mädchen richten.

Nachdem der Frühstückstisch fertig war und es immer noch sehr früh war, obwohl ich sogar schon Brötchen von einer Bäckerei um die Ecke geholt hatte, ging ich in mein Zimmer, um mir eines meiner Bücher zu holen. Die Zeit, bis die Mädchen aufstehen würden, konnte ich ja noch zum Lernen nutzen. Es dauerte noch fast zwei Stunden, bis ich ein Geräusch aus Paulas Zimmer hörte. Aber auch dann kam niemand heraus, wollten die beiden etwa nicht frühstücken? Ich erhob mich langsam und ging zur Zimmertür, um zu lauschen. Jetzt war wieder nichts mehr zu hören. Was die beiden wohl jetzt machten? Ungefragt sah ich Bilder von den beiden in meinem

Kopf, wie sie kuschelnd in Paulas Bett lagen. Die Bilder gefielen mir ganz und gar nicht, deshalb verdrängte ich sie schnell wieder.

Ich überlegte, ob ich einfach anklopfen und nachsehen sollte, ob die beiden schon wach waren, aber das ließ ich dann doch lieber sein. Ich hatte keine Lust, meine kleine Schwester bei irgendetwas zu erwischen. Das wäre dann doch zu peinlich geworden. Ich hatte zwar noch nie Probleme mit Homosexuellen gehabt, aber aus irgendeinem Grund wollte ich auf keinen Fall meine Schwester mit ihrer Freundin so sehen. Okay, wenn ich ganz ehrlich war, wollte ich sie auch mit keinem Mann so sehen. Das musste daran liegen, dass sie halt meine Schwester war und ich sie beschützen wollte.

Deshalb ging ich lieber wieder ins Wohnzimmer, um dort weiter auf sie zu warten.

Es dauert noch einmal fast eine Stunde, bis ich wieder etwas aus dem Zimmer hörte und dann lief auch kurz darauf das Wasser in ihrem Badezimmer. Kurz schoben sich Bilder von Paula nackt unter der Dusche in meinen Kopf, aber die verdrängte ich auch schnell wieder. Was war nur heute mit mir los? In diesem Moment öffnete sich ihre Zimmertür und sie kam, nur mit einem Tanktop und Panties bekleidet ins Wohnzimmer.

»Morgen, Alex«, begrüßte sie mich gähnend. »Ich brauch erst einmal einen Kaffee. Hast du schon welchen gekocht?« Und schon verschwand sie im Küchenbereich, um sich eine Tasse zu holen. Ich sah ihr nach und musste aufpassen, dass ich nicht anfing zu sabbern. Hatte sie schon immer so einen sexy Po gehabt?

Schnell schüttelte ich den Kopf, um diesen Gedanken zu verdrängen. Was stimmte nicht mit mir? Paula war meine Schwester, wenn auch nicht meine leibliche, da war es eindeutig tabu so zu denken. »Wir kommen gleich zum Frühstück, Alexander. Das ist ja echt süß von dir«, rief Paula, die mit einem Kaffeebecher in der Hand wieder auf dem Weg in ihr Zimmer war und mir im Vorbeigehen eine Kusshand zuwarf. Sie hatte wohl den gedeckten Tisch richtig gedeutet. Mein Herz schlug einen Takt schneller. Irgendwie stand ich heute völlig neben mir. Ob ich wohl krank wurde? Das konnte ich im Moment nun wirklich nicht gebrauchen. Aber wahrscheinlich bekam mir einfach das frühe Aufstehen nicht.

Etwa eine Viertelstunde später saßen wir zu dritt am Frühstückstisch und unterhielten uns blendend. Lissy war wirklich ein liebes Mädchen und ich freute mich darüber, sie nun näher kennenzulernen. Paula und sie schienen sich schon fast blind zu verstehen, außerdem ergänzten sie oft gegenseitig ihre Sätze. Wieder fragte ich mich, ob die beiden ein Paar waren. Allerdings sagten sie dann auch wieder Sachen, die mich daran zweifeln ließen. »Also dieser Leon ist doch wohl eine Lachnummer, oder? So ein Milchbubi, aber er hält sich für Mr. Perfekt, das ist so peinlich ...« Beide Mädchen lachten nun laut über diesen Jungen.

»Selbst wenn er nicht so schrecklich wäre, für dich zählt ja eh nur Miles«, neckte Paula ihre Freundin. »Ich weiß zwar nicht, was du an ihm findest, aber wo die Liebe hin fällt ...« Melissa lief richtig rot an und warf Paula ein Brötchen an den Kopf.

»Sei still, du Verräterin«, schimpfte sie laut. »Sonst erzähl ich, wen du ...« Paula wurde bleich und sofort hörte Lissy auf.

»Ich mache doch nur Spaß. Du solltest mich inzwischen besser kennen, Paula Baker«, zwinkerte sie dann verschwörerisch. Irgendwie hatte ich das Gefühl, dass ich etwas Wichtiges nicht mit bekam, aber ich kam einfach nicht darauf, was es war.

Nach dem Frühstück besprachen wir, was die Mädchen heute machen wollten. Nach einigen Ideen wollte Melissa plötzlich nicht mehr mitmachen. »Mist, ich habe völlig vergessen, dass ich zum Lernen verabredet bin. Luke hat Probleme in einem Kurs und ich habe ihm versprochen, dass ich ihm helfe. Macht ihr zwei doch etwas allein«, erklärte sie plötzlich. Dann zwinkerte sie Paula zu und war auch schon im Zimmer verschwunden, um sich umzuziehen. Etwas verwundert sah ich ihr nach, dann würde ich mir halt einen schönen Tag mit Paula allein machen. Das wäre bestimmt auch schön, beziehungsweise noch schöner.

»Und was machen wir jetzt?«, fragte ich sie. Paula überlegte einige Zeit, ehe sie antwortete.

»Können wir nicht einfach hierbleiben und zusammen einen Film gucken, etwas kochen, reden … So einen Bakerschen Gammeltag, wie wir ihn ab und zu gemacht haben, wenn wir mit der ganzen Familie hier waren?«, schlug sie dann vor und damit war ich sofort einverstanden. Da unser Dad in Aptos immer auf Abruf des Krankenhauses bereit stand, hatten wir solche Tage hier in New York manchmal gemacht. Einfach die Türklingel und alle Telefone und Handys ausgestellt, PCs und Laptops abgestellt und einfach mal völlig ohne Ablenkungen von außen das Familienleben genossen. An solchen Tagen wurde dann auch mal über Dinge gesprochen, für die sonst keine Zeit blieb, über Träume, Hoffnungen,

Wünsche ... Vielleicht würde ich so meine kleine
Schwester wieder besser kennenlernen. Denn das wollte
ich unbedingt.

Paula - Gammeltag

Ich folgte Lissy ins Zimmer, als sie ging, um sich für ihre angebliche Verabredung zum Lernen fertigzumachen. Alexander hatte ich gesagt, dass ich mich für unseren Gammeltag umziehen wollte. »Du musst Luke beim Lernen helfen?«, fragte ich belustigt. Lissy kicherte leise und nickte dann, dabei versuchte sie ein ernstes Gesicht zu machen.

»Ganz wichtig, er könnte sonst einmal nicht einhundert Prozent der Aufgaben richtig haben«, antwortete sie und zwinkerte mir dabei zu. Ich verdrehte demonstrativ die Augen. Luke war bei jeder Arbeit der Beste unserer Kurse, also wenn jemand garantiert keine Hilfe brauchte, dann war er es.

»Sei mir nicht böse, Paula, aber ich glaube, dass euch beiden so ein Tag guttun könnte. Willst du ihm denn ewig verheimlichen, was du für ihn empfindest?« Melissa war der einzige Mensch, dem ich mich anvertraut hatte und nun fiel sie mir so in den Rücken, ich konnte es kaum glauben.

»Er ist mein BRUDER!«, zickte ich sie regelrecht an. Aber Lissy schien das nicht zu stören.

»Paula, er ist dein Adoptivbruder, ihr seid nicht wirklich blutsverwandt, wo also ist das Problem?«, fragte sie mich wohl zum hundertsten Mal in letzter Zeit.

»Für ihn bin ich aber nur die kleine Schwester. Was mache ich, wenn er es abstoßend findet, wenn er erfährt, wie ich wirklich denke? Zum Ende hin wurde meine Stimme immer leiser. Lissy umarmte mich fest.

»Paula, wer nicht wagt, der nicht gewinnt! Was ist, wenn er genau wie du empfindet und sich ebenfalls nur nicht traut?«

Diesen Einwand brachte sie immer wieder, aber ich konnte mir einfach nicht vorstellen, dass er ebenso empfinden könnte wie ich. Außerdem war ich wohl sowieso nicht sein Typ, wenn ich da an Nikki dachte. Sie war groß, blond und dämlich – eine richtige Modepuppe. Ich dagegen war klein, dunkelhaarig und meiner Meinung nach, doch nicht ganz dumm. Wenn er also auf Mädchen wie sie stand, was sollte er dann an mir finden?

»Also ich bin jetzt weg«, erklärte Lissy. »Was du heute tust, musst du selber wissen, Süße. Aber ich hoffe, du tust das Richtige.« Und schon verschwand sie fröhlich winkend und lachend aus dem Zimmer. Lissy war echt zu bewundern, ich wusste ja, was für verdrehte Ansichten ihre Familie hatte und doch, oder vielleicht auch gerade deshalb, war sie so ehrlich, mutig und zielbewusst. Da konnte ich mir wirklich ein Beispiel dran nehmen.

Sie hatte ein Ziel und tat alles, um es zu erreichen. Da sie wusste, dass ihre Mutter nie wieder ein Wort mit ihr reden würde, wenn sie aus ihrer Kirchengemeinde austrat und sie das sofort tun wollte, falls ihre Mutter ihr mit einem potenziellen Ehemann ankommen würde, sparte sie eisern jeden Cent, den sie entbehren konnte, um im Notfall ihr Studium, ohne die finanzielle Unterstützung ihrer Familie, fertigmachen zu können.

Doch jetzt wollte ich nicht weiter darüber nachdenken, wie gut ich es im Gegensatz zu ihr hatte. Schnell zog ich mir eine Yogahose und ein bequemes Shirt an und ging wieder ins Wohnzimmer zu Alexander. Der war schon fertig mit den Vorbereitungen für unseren gemütlichen

Tag. Auf dem Tisch stand ein Teller mit Obst, verschiedene Getränke und auf dem Sofa lag eine große Wolldecke. Außerdem waren die Rollos herunter gelassen, sodass das Zimmer nur noch leicht beleuchtet war.

»Das hat aber gedauert, musstet ihr erst noch Frauengespräche führen?«, neckte er mich. Ich streckte ihm einfach die Zunge raus und stieß ihm leicht in die Seite. »Eifersüchtig?«, fragte ich spielerisch. »Ben darf bestimmt nur mit dir reden, wenn Catherine es erlaubt.« Das war das erste Mal, dass ich etwas über sie zu Alexander sagte, aber langsam sah ich es nicht mehr ein, den Mund zu halten, und Melissa bestärkte mich auch darin. Alexander verzog etwas den Mund und nickte dann leicht.

»Langsam habe ich auch das Gefühl und ich werde auch bald mit ihr darüber reden. Sie macht die Stimmung in der WG kaputt. Ich frage mich ja, wie Ben es mit ihr aushält. Letztes Jahr war sie jedenfalls noch nicht so.«

Aber wir vertieften dieses Thema nicht weiter, sondern fingen an, darüber zu diskutieren, was für einen Film wir uns ansehen wollten. Nach einigem hin und her – Alexander wollte lieber einen Actionfilm, ich eine romantische Komödie sehen – einigten wir uns auf Harry Potter. Den hatte ich auch schon lange nicht mehr gesehen.

»Komm, wir legen uns hin«, forderte Alexander mich auf, »dann ist es noch gemütlicher.« So war es in Aptos immer gewesen, wenn wir einen Familienfilmabend machten. Alle legten sich auf die Sofas, wer wollte, kuschelte sich in eine Decke und wir sahen gemeinsam den Film. Mom war dabei meistens eng an Dad gekuschelt und ich lehnte mich oft an Alexander. Später, als er schon zum Studium in New York war, hatte ich dann dafür mit Lilly gekuschelt.

Nun zögerte ich allerdings, mich zu dicht neben Alexander zu legen, auch wenn ich mir eigentlich nichts sehnlicher wünschte, als in seinem Armen zu liegen. Er schien da allerdings weniger Berührungsängste zu haben und zog mich einfach dicht neben sich. »Dann wollen wir mal, wenn du Angst vor Voldemort hast, beschütze ich dich auch«, foppte er mich und ich schlug ihm leicht gegen die Schulter. Musste er mich noch heute damit aufziehen? Als ich jünger war, hatte ich den Film heimlich mit Michelle gesehen und danach nächtelang unter Albträumen über den Bösewicht gelitten. Mehr als einmal war ich nachts weinend zu Alexander ins Bett geflüchtet, der mich dann trösten musste. Bei ihm hatte ich mich halt schon immer geborgen gefühlt.

»Na, dann beschütz mich mal, mein großer Held«, antwortete ich lachend, als er übertrieben seine Muskeln spielen ließ. Alexander war zwar ganz gut gebaut, aber sicher kein Muskelprotz.

Nach Teil eins machten wir gleich mit dem zweiten weiter und im Anschluss sahen wir auch noch den dritten.

»Und jetzt Teil vier?«, fragte Alexander, als der Film zu Ende war. Doch ich schüttelte gähnend den Kopf.

»Lass uns lieber erst einmal die Pizza machen. Ich brauche etwas Bewegung, sonst schlafe ich ein.« Alexander war damit einverstanden und so gingen wir in die Küchenecke, wo ich lachend zur Kenntnis nahm, was mein Bruder neuerdings unter Pizza selber machen verstand. Statt, wie von Zuhause gewohnt, frischen Hefeteig auszurollen, nahm mein Bruder zwei Tiefkühlpizzen heraus und fing an, seine mit allem Möglichen zu belegen.

»Ehrlich, Alexander? Ist das deine Art Pizza selber zu machen?«, fragte ich lachend, griff aber auch zu, um meine ebenfalls zu belegen.

»Verrat das bloß nicht Mom«, antwortete er zwinkernd. »Sonst muss ich Thanksgiving noch einen Kochkurs bei ihr machen.« Damit könnte er Recht haben. Mom war es schon immer wichtig gewesen, dass wir alle kochen konnten und uns nicht nur von Fertigzeug ernährten.

Beim Essen redeten wir die ganze Zeit über alles Mögliche. Alexander erzählte davon, wie interessant, aber auch anstrengend sein Praktikum gewesen war.

»Aber nun weiß ich auch, dass es genau das ist, was ich machen will«, erklärte er gerade. »Zwei andere Praktikanten waren auch dort, aber einer hat schon nach vier Tagen hingeworfen. Für ihn wäre das nichts. Dabei war er schon im vierten Semester, nun will er das Studienfach wechseln. Ich frage mich nur, warum er nicht eher in den wirklichen Arbeitsalltag eines Psychologen ...« Ich hörte gar nicht richtig zu, was Alexander noch alles erzählte, sondern lauschte einfach nur seiner Stimme. Wenn er so leidenschaftlich erzählte, konnte ich ihm stundenlang zuhören und das wahrscheinlich sogar, wenn er mir Mathegleichungen herunter beten würde.

Ich träumte davon, dass wir später auch so an einem Tisch sitzen könnten. Wir könnten ein kleines Häuschen in Aptos haben, das ich selbst entworfen hatte. Ich sah es direkt schon vor mir. Im Erdgeschoss wären seine Praxis und meine Büroräume, im ersten und zweiten Obergeschoss unsere Wohnräume. An das Wohnzimmer würde ein großer Balkon angrenzen, von dem eine Treppe hinunter in den Garten führen würde ...

»Paula?«, frage Alexander mich und stupste mich leicht an. »Ist es so langweilig, was ich erzähle, dass du in Tagträume verfällst?« Er schien zum Glück nicht verärgert, sondern nur amüsiert zu sein. Trotzdem lief ich rot an.

»Entschuldige, ich bin wirklich nicht sehr aufmerksam gewesen«, gab ich zu.

»Wollen wir dann lieber weiter gucken?«, fragte Alexander. »Nicht dass du noch einschläfst, weil ich dich ins Koma quatsche. Der Orden des Phönix ist sicher interessanter als ich.« Ohne groß nachzudenken, ging ich zu ihm und nahm ihn einfach in den Arm.

»Es tut mir leid, Alex. Du bist alles, aber sicherlich nicht langweilig«, versicherte ich ihm.

Alexander drückte mich nicht nur kurz, sondern hielt mich einige Zeit ganz fest im Arm. Von mir aus hätte er mich nie wieder loslassen müssen. Er senkte seinen Kopf etwas und sah mir ganz tief in die Augen. Wollte er mich etwa küssen? Wie gebannt erwiderte ich den Blick und hörte dabei fast auf zu atmen. Sein Gesicht kam noch näher und ich sah ihn weiter erwartungsvoll an.

»Küss mich«, hätte ich am liebsten gesagt, aber ich traute mich nicht. Diesen magischen Moment wollte ich nicht zerstören. Konnte es wirklich sein, dass auch Alexander mehr in mir sah, als nur seine kleine Schwester? Vielleicht hatte Lissy ja wirklich Recht und ihm ging es ähnlich wie mir.

Aber wahrscheinlich würde ich nie erfahren, ob er mich wirklich küssen wollte. Ein Schlüssel, der in die Wohnungstür gesteckt wurde und die laut streitenden Stimmen von Ben und Catherine, holten uns in die

Wirklichkeit zurück. Alexander ließ mich so schnell los, als hätte er sich gerade die Finger verbrannt und ich stand einige Sekunden einfach nur da und starrte ihn an. Dann drehte ich mich um, rannte in mein Zimmer und schloss die Tür schnell hinter mir. Mir liefen dabei die Tränen über das Gesicht und ich wusste nicht einmal wirklich, warum. Musste das Leben denn so kompliziert sein?

Alexander - Das Chaos bricht los

Verwirrt sah ich Paula hinterher, die gerade in ihr Zimmer lief und die Tür hinter sich schloss. Was war das denn gewesen? Beinahe hätte ich meine kleine Schwester geküsst und sie scheinbar mit diesem Versuch völlig verschreckt. Oder war ihre Flucht gar nicht meine Schuld, sondern die von Catherine, die gerade keifend im Wohnzimmer stand? Es war alles so verwirrend. Warum sah ich Paula plötzlich als Frau und nicht wie bisher immer als kleine Schwester. Noch heute sah ich das Bild vor mir, wie ich sie das erste Mal gesehen hatte. Sie war so winzig und hilflos gewesen in ihrem Krankenhausbett und von der Sekunde an, in der ich an ihr Bett getreten war, wollte ich sie vor allem Bösen beschützen. Als sie wieder wach war und Mom mit ihr New York verließ, hatte ich sogar auf eigene Faust versucht, zu ihr zu kommen. Ein Leben ohne sie konnte ich mir einfach nicht mehr vorstellen. Aber jetzt waren da noch ganz andere Gefühle und die waren so verwirrend. Ich wusste einfach nicht, was ich davon halten sollte, geschweige denn, wie ich damit umgehen sollte. Wie konnte sich auf einmal alles so sehr ändern? Sie war doch meine kleine Schwester, auch wenn wir nicht blutsverwandt waren.

»Was ist das hier denn für ein Saustall?«, schrie Catherine und unterbrach damit meine Grübelei.»Bilden Paula und Melissa sich etwa ein, dass sie hier alles dürfen? Diese blöde Kuh wohnt nicht einmal hier, aber als Miss Bakers Betthäschen darf man wohl alles. Ekelhaft, was hier in der Wohnung abgeht!«

Wütend drehte ich mich zu ihr um und wollte Catherine eigentlich zur Rede stellen. Wie konnte sie nur so über Paula und ihre Freundin sprechen? Außerdem waren die beiden sicher nicht lesbisch. Es konnte einfach nicht sein. Heute Morgen am Frühstückstisch hatten sich die Gespräche der beiden nun wirklich nicht danach angehört. Oder war das nur Tarnung gewesen? Meine Verwirrung wurde immer größer oder gleichzeitig auch meine Wut auf Catherine, wenn sie nicht so herum gekeift hätte, wäre Paula vielleicht nicht geflüchtet.

»Catherine, könntest du dich mal entscheiden, warum du über Paula schimpfst?«, frage Ben genervt. Mich hatten die beiden wohl bisher übersehen.

»Vorhin war der Vorwurf noch, dass ich etwas mit ihr hätte und das auch noch vor meinen Eltern und nun soll sie lesbisch sein? Ich weiß zwar nicht, was du gegen sie hast, aber mir reicht es jetzt endgültig.« Ben klang entschlossen, wie schon lange nicht mehr. Würde er endlich aufhören, sich von ihr drangsalieren zu lassen? »So eine zickige und grundlos eifersüchtige Freundin kann ich nicht mehr ertragen. Ich habe wirklich alles versucht, um diese Beziehung zu retten, aber nun kann ich nicht mehr. Es ist aus, und zwar endgültig!«

Ich versuchte, mich unauffällig in mein Zimmer zu schleichen, denn das sollten die beiden allein regeln, aber gerade in diesem Moment entdeckte Catherine mich und ging wie eine Furie auf mich los.

»Na, bist du nun zufrieden?«, schrie sie mich an. »Das habe ich alles nur dir und deiner scheiß Schwester zu verdanken. Musste sie unbedingt hier einziehen und mir alles kaputt machen? Aber wenn ihr glaubt, ich würde deshalb jetzt hier ausziehe, dann habt ihr euch geirrt. Ich werde hier in dieser Wohnung leben, das habe ich mir vorgenommen, seit ich Ben zum ersten Mal hier besucht habe. Nie wieder ziehe ich in das Studentenwohnheim zurück und Paulas Zimmer werde ich auch noch bekommen! Verlasst euch darauf!« Dann rannte sie in ihr Zimmer und warf die Tür hinter sich zu.

Einige Zeit standen Ben und ich einfach schweigend da und sahen ihr nach.

»Sie ist völlig durchgeknallt!« Nun klang er resigniert und ich konnte ihm wirklich nicht widersprechen. Diese Frau war nicht normal. »Schon seit sie hier eingezogen ist, erkenne ich sie kaum wieder. Ich habe ja die ganze Zeit gehofft, sie würde wieder normal werden, aber stattdessen wird es immer schlimmer und heute hat sie dem Ganzen noch die Krone aufgesetzt. Sie hat mich allen Ernstes geohrfeigt und das vor meinen Eltern. Sie ist felsenfest davon überzeugt, ich hätte sie mit deiner Schwester betrogen.« Ungläubig sah ich ihn an. Wer tat so etwas? »Und dann tut sie auch noch so, als wäre das hier ihre Wohnung. Dabei habe ich sie immer wieder daran erinnert, dass sie hier nur Mieterin ist und die Wohnung euch gehört. Ich wünschte, ich hätte dich nie überredet, sie hier einziehen zu lassen. Würde sie nicht hier wohnen, dann wäre alles einfacher.«

Da konnte ich ihm nicht widersprechen. Allerdings fragte ich mich, wie wir sie jetzt wieder aus der Wohnung bekommen konnten, schließlich hatte sie einen gültigen Mietvertrag. Freiwillig würde sie nicht ausziehen, so viel war sicher. Am besten wäre es wohl, wenn ich Landon anrufen würde. Ein Anwalt als Onkel war schon praktisch. Er würde sicher einen Rat für uns haben.

Ich ging in die Küche und holte die Flasche Wodka aus dem Kühlschrank, die dort seit unserer letzten Party stand. Ben konnte jetzt sicher einen Schluck vertragen und ich ausnahmsweise auch, sonst trank ich eigentlich nur auf Partys mal Alkohol, aber heute würde ich eine Ausnahme machen. Dieses Semester war noch gar keine Zeit zum Feiern gewesen, eigentlich wäre es dafür mal wieder Zeit. Paula würde so eine Party sicher gefallen, aber zuerst mussten wir Catherine loswerden, dann hätten wir auch gleich einen Grund zu feiern. Dann holte ich noch zwei Gläser und ging wieder zu meinem Freund.

»Hier, trink«, forderte ich Ben auf, nachdem ich etwas in die Gläser gegossen hatte.

»Auf mein Singledasein!«, erklärte er und prostete mir zu. »Nie wieder mache ich den Fehler und ziehe mit einer Frau zusammen. Die machen doch nichts als Ärger.« Ich widersprach ihm nicht, sondern kippte den Wodka hinunter. Das Brennen im Hals beruhigte mich irgendwie. Paula machte zwar keinen Ärger wie Catherine, aber trotzdem war der heutige Tag sehr verwirrend gewesen. Wenn sie nicht hier leben würde, wäre ich bestimmt nie in die Versuchung gekommen, meine Schwester küssen zu wollen. Okay, sie war nicht meine leibliche Schwester, aber trotzdem sollte ich erst gar nicht auf solche Gedanken kommen.

Wahrscheinlich sollte ich jetzt froh sein, dass ich es nicht getan hatte, aber wenn ich ehrlich zu mir selbst war, dann bedauerte ich diese Unterbrechung sehr. Wie es wohl gewesen wäre, ihre Lippen auf meinen zu spüren? Schnell füllte ich die Gläser neu. Ben und ich setzen uns aufs Sofa, warfen einen Horrorfilm rein und tranken immer weiter. Nachdem die erste Flasche leer war, holte Ben eine zweite und ich glaubte, irgendwann auch noch etwas anderes.

* * * * *

»Alexander!« Paulas genervte Stimme weckte mich recht unsanft aus meinen Träumen. »Alexander, du musst aufstehen und zur Uni!« Ich öffnete kurz die Augen, wurde aber so geblendet, dass ich diese lieber ganz schnell wieder schloss. »Alexander!«, zischte Paula nun und ihre Stimme dröhnte furchtbar in meinem Kopf. »Wenn du schon nicht aufstehen willst, dann lass mich wenigstens gehen!« Verwirrt überlegte ich, was sie damit meinen könnte. Vorsichtig öffnete ich ganz langsam wieder die Augen. »Dann geh doch einfach«, krächzte ich. Wo war denn nur meine Stimme hin? Lissy kicherte in meiner Nähe und ich versuchte, herauszufinden, wo sie war, um sie böse anzusehen, aber als mein Blick suchend umher ging, merkte ich erst, wo ich war. Das hier war Paulas Zimmer, folglich war das Bett, in dem ich lag, auch nicht meines, sondern ihres. Allerdings hatte ich keine Ahnung, wann und wie ich hier gelandet war. Schnell schloss ich meine Augen wieder, wahrscheinlich war das alles nur ein dämlicher, vom Alkohol ausgelöster Traum.

»Würde ich ja gerne, aber vielleicht würdest du dann so nett sein, mich loszulassen?«, fragte Paula nun eindeutig sarkastisch und Lissy kicherte noch lauter und plötzlich blitzte es auch noch grell.

»Melissa! Lass das«, zickte Paula nun ihre Freundin an. »Ich finde das Ganze gar nicht witzig!« Doch Melissa lachte nur noch lauter und ich verstand die Welt nicht mehr. Was meinte sie damit, dass ich sie loslassen sollte? Wieder öffnete ich meine Augen vorsichtig und langsam nahm ich etwas mehr von meiner Umgebung wahr. Das hier war weder mein Zimmer noch das Wohnzimmer. Warum lag ich in Paulas Bett und warum schlangen sich meine Arme um meine Schwester? Erschrocken ließ ich sie los und fühlte mich schlagartig, als hätte mir jemand einen Eimer kaltes Wasser über den Kopf geschüttet. Was war in der letzten Nacht passiert und wie war ich hier gelandet?

»Na, das wurde aber auch Zeit«, lachte Paula nun schon wieder. »Bist du jetzt endlich wach?«

Sie erhob sich und ich starrte ihr nach, während sie ihre Sachen zurechtzupfte. Ihr dünnes Tanktop war ihr fast bis zur Brust hochgerutscht und verbarg nicht mehr viel. Aber sie schien sich nichts dabei zu denken, sondern verschwand einfach im Bad, als wäre es nichts Besonderes, dass ich bei ihr geschlafen hatte.

»Mund zu, die Fliegen kommen rein«, kommentierte Lissy auf einmal. Bei Paulas Anblick vergaß ich ihre Anwesenheit völlig.

»Erinnerst du dich überhaupt an letzte Nacht?«, fragte Lissy plötzlich. Nein, das tat ich nicht und ich war mir auch nicht sicher, ob ich überhaupt wissen wollte, was passiert war. Was, wenn ich irgendetwas angestellt hatte?

»Ich meine, weißt du, warum du hier geschlafen hast?«, fragte sie noch einmal, da ich ihr nicht geantwortet hatte. Ich schüttelte den Kopf und bereute es sofort, nicht nur, weil meine Kopfschmerzen zu explodieren schienen, nun wurde mir auch noch übel.

Lissy stand auf und verließ das Zimmer. Sie war im Gegensatz zu Paula und mir schon vollständig angezogen. Erst jetzt wurde mir richtig bewusst, dass ich nur Boxershorts trug. Kurz darauf kam sie wieder und hielt mir eine Kopfschmerztablette und ein Glas Wasser hin.

»Ich glaube, die kannst du brauchen«, erklärte sie schlicht und ich griff dankbar zu. Wenn sie so nett zu mir war, dann konnte ich wohl kaum etwas Schlimmes getan haben, oder? Paula steckte ihren Kopf aus der Badezimmertür.

»Lissy, kannst du mir ein paar Sachen geben, damit ich mich anziehen kann? Wir müssen uns echt beeilen, sonst gibt es Ärger mit Professor Stone.« Melissa suchte ihr schnell etwas heraus und brachte es ihr, dann kam sie wieder zu mir.

»Paula und ich müssen wirklich los, ich wollte dich nur warnen. Geh Catherine heute besser aus dem Weg und um dein Zimmer können wir uns später gern gemeinsam kümmern.«

Wovon zum Teufel sprach sie da nur, aber nun kam Paula aus dem Bad und die beiden winkten mir nur noch kurz zu, ehe sie das Zimmer verließen. Seufzend erhob ich mich auch und ging, um mir ein paar Sachen aus meinem Zimmer zu holen, damit ich auch zur Uni konnte. Fehlzeiten machten sich schließlich nie gut und gerade heute Morgen hatte ich einen wichtigen Kurs. Bei dem Anblick, den mein Zimmer bot, wäre ich aber am liebsten wieder in Paulas Zimmer gegangen und hätte mich in ihrem Bett verkrochen. Was war denn hier passiert? War hier eine Bombe explodiert?

Paula - Auszug

In der Mittagspause traf ich mich, wie fast immer, mit Lissy vor der Mensa. »Wollen wir heute mal woanders essen?«, fragte sie sofort, als sie bei mir ankam. »Dann können wir uns besser unterhalten, als hier. Ich habe Catherine eben hineingehen sehen.« Ich stimmte ihr sofort zu. Nach letzter Nacht hatte ich nun wirklich keine Lust auf sie. Ich traute ihr auch zu, dass sie uns auch vor unseren Mitstudenten eine Szene machen könnte. Ich fragte mich sowieso, ob sie nicht verrückt geworden war, in ihrem Wahn, jeder würde sie nur betrügen und übervorteilen wollen. Schaudernd erinnerte ich mich an letzte Nacht zurück.

Ich fuhr im Bett hoch und war sofort hellwach, ohne im ersten Moment zu wissen, warum. Ein Blick auf die Uhr sagte mir, dass es erst kurz nach zwei Uhr war, also noch lange nicht Zeit aufzustehen. Am besten wäre es wohl, wenn ich mich einfach wieder in die Kissen kuscheln würde. »Was war das eben?«, fragte Lissy plötzlich in die Stille hinein. Sie schlief auf dem Schlafsofa, das meinem Bett gegenüber stand. »Was meinst du?«, fragte ich zurück. »Na der Knall, der mich geweckt hat. Hast du ihn nicht gehört?«, erklärte Lissy. Ein Knall? War ich davon wach geworden? Doch ich kam nicht dazu, weiter darüber nachzudenken, denn plötzlich hörte ich Catherines keifende Stimme im Flur. Was hatte sie denn jetzt schon wieder?

»Wollen wir mal nachsehen, was da los ist?«, fragte Lissy. Wir standen schnell auf und gingen in den Flur. Aus Alexanders Zimmer war schon wieder ein furchtbarer Knall zu hören.

»Hör verdammt noch einmal auf!«, schrie Ben laut. Aber scheinbar nutzte es nichts, denn es knallte gleich mehrmals hintereinander.

»Bist du wahnsinnig? Du hättest mich fast getroffen«, schrie nun Alexander, seine Stimme klang irgendwie komisch.

»Wage es nicht, mich anzufassen, du betrügerischer Mistkerl! Dich mach ich fertig!«, keifte Catherine schon wieder. Scheinbar hielten sich alle drei in Alexanders Zimmer auf.

Lissy zögerte nicht, sondern klopfte einfach kurz und öffnete direkt die Tür.

»Was soll denn der Lärm?«, fragte sie. Doch statt einer Antwort flog uns auf einmal eines von Alexanders Büchern entgegen. Catherine stand wie ein Racheengel mitten im Zimmer und warf mit Alexanders Sachen herum. Ben, der leicht schwankend neben ihr stand, versuchte, sie davon abzuhalten, während Alexander in seinem Bett saß und die Decke umklammerte und sich den Kopf hielt. Scheinbar litt er unter Kopfschmerzen und so wie es hier roch, lag es sicher daran, dass er gestern Abend etwas zu tief ins Glas geschaut hatte.

Die ganze Situation war so grotesk, ich musste ein Lachen unterdrücken, auch wenn es eigentlich gar nicht witzig war. Ein Blick zu Lissy zeigte mir, das es ihr ähnlich ging. Catherine sah aber wirklich aus, als würde sie gleich Rauch und Feuer speien, so wie sie sich hier aufführte.

»Ben, du gehörst mir und ich werde dich niemals teilen.« Sie warf nun ein Buch nach ihm und traf ihn fast am Kopf. »Und wenn ich hier alle umbringen muss, damit ich dich für mich allein habe.« Ben wurde erst blass und dann grün. Wahrscheinlich bekam er langsam Angst vor ihr. Ich jedenfalls fürchtete mich davor, zu was diese Frau noch fähig sein könnte. Wahrscheinlich war sie gar nicht mehr zurechnungsfähig, so wie sie sich aufführte. Lissy schien es ähnlich zu gehen, jede Spur von Belustigung war aus ihrem Gesicht gewichen. Noch während ich wie erstarrt stehen blieb, rannte sie aus dem Zimmer. Plötzlich gab Ben ein würgendes Geräusch von sich, und noch ehe irgendjemand reagieren konnte, übergab er sich geräuschvoll über Catherines Füße.

Ich grinste noch immer bei der Erinnerung an Catherines angeekeltes Gesicht. Sie war dann schreiend aus dem Zimmer ins Bad gerannt. Ben zog sich in sein Zimmer zurück, nachdem er sich noch ein weiteres Mal übergeben hatte, diesmal auf einen Haufen Sachen, die seine Exfreundin zuvor durch die Gegend geworfen hatte. Alexander war danach auch ganz grün im Gesicht gewesen und deshalb bot ich im Asyl in meinem Bett an. Er hielt mich die ganze Nacht fest im Arm und auch wenn er es nicht bewusst tat, so wäre ich doch heute Morgen am liebsten so liegen geblieben. Leider war das nicht möglich gewesen.

Erst konnte ich nicht einschlafen, weil mir zu viel im Kopf herum gegangen war. Schließlich war der Tag ein ständiges Auf und Ab gewesen und der Beinahekuss beschäftigte mich noch immer. Zum Glück hatte es ihn wohl nicht abgestoßen, sonst wäre er ja nicht in mein Bett gekommen … Aber dann umarmte Alexander mich von hinten. Seine Nähe entspannte mich und ich schlief dann wirklich gut. Dennoch fragte ich mich, wie es nun weitergehen sollte.

Lissy und ich gingen zu einer Salatbar in der Nähe der Uni und aßen dort zusammen.

»Meinst du, ich könnte Catherines Zimmer übernehmen, wenn ihr sie losgeworden seid?«, fragte sie mich. »Ich könnte ein paar Zusatzschichten machen, um die Miete zu bezahlen, und du hättest mehr Privatsphäre, falls Alexander nun öfter bei dir schläft. Mit meiner Familie kriege ich das schon hin. Meine Tante hätte das Zimmer sowieso lieber für das Baby und wenn ich nur nebenan wohne, dann kann sie ja trotzdem auf mich aufpassen.« Lissy verdrehte genervt die Augen und ich warf ihr einen verstehenden Blick zu. Sie wollte unabhängig sein und sich nicht mehr von ihrer Familie kontrollieren lassen. Ich hatte nur die Befürchtung, ihr Onkel würde das nicht so einfach hinnehmen, wie wir das gerne hätten.

Ich war natürlich sofort dafür. Sie wäre die ideale Mitbewohnerin und auch Alex und Ben hätten sicher nichts dagegen. Das einzige Problem war, dass wir Catherine wohl nicht so einfach aus der Wohnung bekommen würden. Die Polizei, die Lissy heute Nacht gerufen hatte, war ja nicht einmal gekommen. Für solche Streitigkeiten wären sie nicht zuständig und wir sollten uns melden, wenn wirklich etwas passiert wäre.

Nach dem Essen hatten wir noch einen Kurs zusammen, ehe ich für heute Schluss machen konnte. Lissy musste noch zu einem weiteren Kurs und später auch noch zur Arbeit, deshalb verabschiedeten wir uns voneinander und ich fuhr mit der U-Bahn zu unserer Wohnung. Schließlich wollten Alexander und ich sein verwüstetes Zimmer aufräumen.

In der Wohnung angekommen war aber niemand da. Ich klopfte an die Türen der Jungs, aber es kam keine Reaktion. Ich warf in jedes Zimmer einen vorsichtigen Blick, ob sie vielleicht doch dort waren und nur schliefen, aber es war wirklich niemand da. Eigentlich hatte ich erwartet, sie würden heute mal ihre Kurse ausfallen lassen, aber scheinbar waren sie doch zur Uni gegangen. Auch bei Catherine wunderte ich mich, dass sie heute dort gewesen war. Aber diese Frau konnte man auch nicht verstehen, sie tat nie das, was man erwartete. Kurz überlegte ich, ob ich schon allein mit Alexanders Zimmer anfangen sollte, ließ es aber dann doch sein. Ich wollte seine Privatsphäre nicht verletzen, indem ich einfach an seine Sachen ging. Deshalb setzte ich mich ins Wohnzimmer und vertiefte mich in ein Buch, das einer meiner Professoren empfohlen hatte.

Ich war noch nicht weit gekommen, als ich auch schon einen Schlüssel in der Tür hörte. Ben und Alexander betraten gemeinsam die Wohnung und begrüßten mich.

»Hey, Jungs. Wie geht es euch?«, fragte ich sie, denn vor allem Ben sah gar nicht gut aus.

»Bescheiden«, antwortete er auch gleich. »Und auch wenn Alexander dagegen ist, ich werde noch heute meine Sachen packen und ausziehen. Mit Catherine kann ich keinen Tag länger zusammen leben. Diese Frau ist wahnsinnig und wahrscheinlich habt ihr es auch leichter, sie loszuwerden, wenn ich nicht mehr hier wohne.

Außerdem fühle ich mich schuldig, ohne mich wäre sie hier nie eingezogen.«

Wahrscheinlich hatte er damit sogar recht, aber ich hasste den Gedanken, dass er ging und Catherine noch hierbleiben würde.

»Das ist Bullshit, Ben«, sagte Alexander auch sofort. »Ich habe dir schon mehrmals gesagt, du bleibst hier wohnen. Sie hat Mist gebaut und muss gehen und nicht du. Und nur weil sie auf einmal zur Psychopathin wird, bist du nicht schuldig. Ich kannte sie doch vorher auch schon. Klar, war sie manchmal zickig, aber doch nicht so wie jetzt.«

Ich nickte zustimmend. Alexander hatte völlig Recht, ich kannte Catherine zwar noch nicht lange, aber anfangs war sie nur zickig gewesen. Jetzt steigerte sich ihre Gemeinheit aber immer mehr. Normal war das nicht mehr und ich hatte keine Lust, auf noch so eine Frau, wenn sie auf die Idee kam, ihre Freundin könnte hier einziehen. Zutrauen würde ich ihr das und auch wenn ich diese Irina nur vom sehen kannte, so war sie mir doch jetzt schon unsympathisch. Was wohl daran lag, dass sie Alexander regelrecht anhimmelte, wenn sie bei Catherine zu Besuch war.

Egal was Alexander und ich in der nächsten halben Stunde sagten, Ben war nicht davon abzubringen, ausziehen zu müssen, er hatte sich sogar schon eine neue Unterkunft gesucht und wollte noch heute unsere WG verlassen. Schließlich gaben wir es auf und ich folgte Alexander in sein Zimmer, um das Chaos von letzter Nacht zu beseitigen. Da die Möbel fast alle in die Wohnung gehörten, war Ben mit der Hilfe von zwei Cousins, die mit einem Truck gekommen waren, schon fast fertig mit packen, als wir Alexanders Zimmer fertig hatten. Sie luden nur noch die letzten Sachen auf und dann gingen Andy und Phil, Bens Helfer, schon einmal hinunter, während wir uns verabschiedeten.

»Wir halten dir das Zimmer erst einmal frei«, erklärte Alexander. »Vielleicht überlegst du es dir ja anders, wenn Catherine weg ist.«

»Wo soll ich hin«, fauchte Catherine regelrecht und wir zuckten alle zusammen. Keiner von uns hatte bemerkt, dass sie die Wohnung betreten hatte.

»Wo du hinziehst, ist mir egal, Catherine. Aber hiermit kündige ich dir schon einmal mündlich dein Zimmer. Die schriftliche Kündigung bekommst du morgen von unserem Anwalt. Das Verwüsten meines Zimmers ist ein Grund für eine fristlose Kündigung«, erklärte Alexander ihr. Catherine starrte erst Alexander an und ging dann auf Ben zu.

»Was soll das alles?«, schrie sie schrill.

»Ich ziehe aus, Catherine. Ich habe noch nie etwas so bereut, wie dich in diese Wohnung zu bringen. Du bist nicht mehr die Frau, in die ich mich verliebt habe und bevor ich meinen besten Freund ganz verliere, gehe ich freiwillig. Ich hoffe, auch du wirst nun dein Zimmer räumen und hier nicht weiter Unfrieden stiften!« Ben griff nach seiner letzten Tasche, die vor seinen Füßen stand, winkte mir und Alexander noch einmal zu und ging aus der Tür. Catherine starrte ihm erst kurz nach, dann schrie sie laut seinen Namen und rannte ihm hinterher. Als die Tür hinter ihr zufiel, fragte ich mich, ob sie freiwillig gehen würde, oder ob wir dafür kämpfen müssten.

Paula - Ein Regenschauer mit Folgen

Fast drei Wochen waren seit Bens Auszug schon vergangen und Thanksgiving stand unmittelbar vor der Tür. Schon übermorgen würden Alexander und ich nach Aptos fliegen, um das Fest mit unserer Familie zu feiern. Bisher war noch alles beim Alten. Lissy diskutierte noch mit ihrer Familie, ob sie nun auch ganz offiziell bei uns einziehen dürfte. Die waren leider gar nicht so begeistert davon, wie Lissy sich erhofft hatte. Ihre Tante hätte das Zimmer zwar wirklich lieber für das Baby, aber ihr Onkel und auch ihre Mutter machten ein riesiges Theater deswegen. Erst heute hatte ihr Vater endlich ein Machtwort gesprochen und unter Vorbehalt zugestimmt. Vor der endgültigen Zusage wollte er aber vorbeikommen und uns und die Wohnung kennenlernen.

Eigentlich wäre das ja kein Problem, aber leider machte Catherine noch immer keine Anstalten, endlich ihr Zimmer zu räumen. Seitdem sie ihre Kündigung bekommen hatte, zickte sie zwar weniger rum und wir sahen sie kaum noch, aber trotzdem blieb die Stimmung angespannt, wenn sie in der Wohnung war. Alexander wollte noch einmal mit Landon reden, wenn wir in Aptos waren. Irgendwie musste es doch möglich sein, sie loszuwerden. Zum Glück hatte Melissas Vater auch erst in drei Wochen Zeit, an einem Wochenende nach New York zu kommen, aber bis dahin wollten wir Catherine auf jeden Fall los sein. Etwas Sorge machte mir auch, was Catherine machen würde, wenn wir nicht in der Stadt waren. Der Irren traute ich wirklich alles zu. Aber wir wollten auch nicht wegen ihr auf unser Familienfest verzichten. Hoffentlich würde unsere Einrichtung noch intakt sein, wenn wir wieder zurück waren.

Im Moment war ich allein in der Wohnung und da es trotz der Jahreszeit wirklich warm war, machte ich es mir mit dem Laptop auf dem Balkon gemütlich und genoss die Sonne, während ich in mein Tagebuch schrieb. Das tat ich immer noch sehr regelmäßig und es half mir dabei, meine Gefühle weiterhin vor Alex geheim zu halten. Seit der Nacht in meinem Bett, hatte er mich noch nicht wieder berührt und ich wusste nicht, wie lange ich das noch aushalten konnte. So sehr sehnte ich mich danach, endlich von ihm geküsst zu werden. Wenn ich nicht Melissa und mein Tagebuch gehabt hätte, bei denen ich mich ausheulen konnte, wäre ich bestimmt schon damit heraus geplatzt.

Lissy sagte mir ja immer wieder, ich solle ihm einfach meine Gefühle gestehen, aber das brachte ich nicht fertig. Zu groß war meine Angst, er könnte mich verachten. Wohl zum tausendsten Mal fragte ich mich, warum ich mich ausgerechnet in meinen Adoptivbruder verlieben musste. Andere in meinem Alter verliebten sich ständig neu, aber nein, bei mir wurde die Liebe im Laufe der Zeit nur noch stärker. Wie von selbst flogen meine Finger über die Tasten.

Wenn ich doch nur wüsste, was in Alexanders Kopf vor sich geht. Noch immer weiß ich nicht, ob er mich an unserem Gammeltag wirklich fast geküsst hätte, oder ob ich es mir nur eingebildet habe. Macht mich die Liebe zu ihm langsam verrückt?

Eigentlich wollte ich noch mehr schreiben, aber in diesem Moment klingelte mein Handy in meinem Zimmer und ich lief schnell hin, um den Anruf nicht zu verpassen. Meinen Laptop ließ ich einfach draußen auf dem Tisch stehen. Normalerweise achtete ich immer darauf, ihn auszuschalten, aber jetzt war ich ja alleine in der Wohnung.

»Baker!«, meldete ich mich etwas außer Atmen, ohne auf das Display zu gucken.

»Hallo, Paula!«, meldete sich meine Mutter. »Störe ich gerade? Du klingst so abgehetzt.« Mom hatte wirklich ein untrügliches Gespür dafür, wenn etwas war.

»Ich musste mich nur beeilen, um rechtzeitig ans Telefon zu kommen«, antwortete ich und ließ mich einfach aufs Bett fallen. »Hier ist herrliches Wetter und ich habe auf dem Balkon gesessen und meine Hausarbeit erledigt. Wie ist das Wetter Zuhause?«

Mom und ich redeten fast zwanzig Minuten über alles Mögliche, obwohl wir uns ja in zwei Tagen persönlich sehen würden. Aber ich liebte die Gespräche mit ihr auch wenn ich mich nicht traute, mit ihr, über meine Gefühle zu sprechen. Ansonsten konnte ich mit ihr wirklich über alles sprechen, aber ich hatte Angst davor, sie zu enttäuschen.

»Bis übermorgen, mein Schatz. Ich freue mich schon so sehr auf euch. Gib Alex noch einen Schmatzer von mir«, verabschiedete sie sich von mir. ›Zu gern würde ich das wirklich tun‹, dachte ich seufzend. Ich blieb noch einen Augenblick einfach auf dem Bett liegen, und träumte davon, das Alex mich ebenso lieben würde, wie ich ihn und unsere Eltern das ohne Probleme akzeptieren könnten. Wir würden im Wohnzimmer meiner Eltern sitzen, der Regen würde gegen das Fenster prasseln und alle würden lächeln, wenn Alexander und ich uns küssten. Erst als ich begriff, dass das Prasseln an meinem Fenster real war und nicht zum Traum gehörte, sprang ich wie von der Tarantel gestochen auf. »Scheiße!«, schrie ich laut. Mein Laptop stand noch draußen und nun regnete es. Wir waren doch gar nicht in Aptos, wo das Wetter ständig wechselte und eben schien doch noch die Sonne.

So schnell ich konnte, lief ich zum Balkon, um ihn zu retten. Doch als ich an der Balkontür ankam, war diese auf einmal geschlossen und mein Rechner nirgendwo zu sehen. Ich sah mich suchend um, war Lissy etwa schon wieder da oder vielleicht Alexander? Doch dann sah ich Catherine, die grinsend in der offenen Küchentür stand.

»Suchst du etwas?«, fragte sie gespielt unschuldig und fast sofort war mir klar, dass sie den letzten Tagebucheintrag gelesen hatte. Ich fühlte regelrecht, wie ich blass wurde.

»Has... Hast du? ... Hast du meinen Laptop?«, stotterte ich mir brüchiger Stimme.

»Ja, ich wollte mal nett sein«, erklärte sie teuflisch grinsend. »Und meine Nettigkeit wurde ja auch gleich belohnt. Vielleicht sollte ich das öfter versuchen, es könnte sich lohnen.« Sie lachte böse auf und mir wurde augenblicklich übel.

»Du ... du hast doch nicht ...« Ich stotterte immer noch und Catherine lachte noch lauter. »Doch ich habe deinen Eintrag gelesen und da ich zufällig gerade einen USB-Stick in der Tasche hatte, habe ich mir dein komplettes Gesülze gleich darauf kopiert. Und wenn du nicht ganz lieb das tust, was ich möchte, dann wird dein lieber Bruder alles zu lesen bekommen.«

Erschrocken keuchte ich auf.

»Was willst du von mir?«

Catherine lachte wieder. »Kannst du dir das nicht denken? Ich wusste ja, dass du dämlich bist, aber so sehr?«, fragte sie boshaft. »Sorg einfach dafür, dass dein Bruder die Kündigung zurücknimmt und wenn das erledigt ist, räumst du natürlich endlich MEIN Zimmer. Du kannst ja eines der Freien nehmen.« ›Wie großzügig von ihr‹, dachte ich bitter. »Deine dämliche Melissa bekommt natürlich Hausverbot und das freie Zimmer bekommt Irina. Das wäre vorerst alles. Achso, ein Wort zu deiner Lissy oder sonst jemanden und ich schicke Alexander sofort die Datei per Mail und auch deine Eltern bekommen dann Post von mir. Das willst du doch nicht, oder? Ich könnte auch noch an der Uni verbreiten, wie pervers du bist und auf deinen Bruder stehst. Was meinst du, wie die Leute darauf reagieren würden?«

Ich schüttelte schnell den Kopf. Was meinte sie nur mit vorerst? Was wollte sie denn noch? Ich starrte verzweifelt auf den Fußboden, weil ich es im Moment nicht schaffte, ihr ins Gesicht zu sehen, ohne auf sie loszugehen. Was sollte ich jetzt nur tun? Ich konnte ja noch nicht einmal mit jemandem über diese Erpressung reden. Wie sollte ich ihre Forderungen nur erfüllen? Alexander würde mich für verrückt halten, wenn ich nach dem Theater der letzten Zeit auf einmal wollte, dass er die Kündigung zurücknahm und auch der Rest der Familie würde es nicht verstehen. Schließlich hatten wir ihnen von unserem Pech mit unseren Mitbewohnern erzählt.

»Du hast bis nach Thanksgiving Zeit, um das zu regeln. Ansonsten weiß bald jeder, was du für kranke Gedanken hast!«, zischte Catherine mir noch zu, als ein Geräusch von der Wohnungstür zu hören war. Dann verschwand sie kichernd in ihrem Zimmer, während ich wie erstarrt mitten im Wohnzimmer stehen blieb. Meinen Laptop hatte sie im Vorbeigehen auf dem Esstisch abgestellt. Ich verfluchte meine Idee des elektronischen Tagebuches, allerdings hätte Catherine ein normales Tagebuch wohl auch gelesen und dann kopiert oder einfach behalten oder ...

»Paula? Paula, ist alles in Ordnung mit dir?«, fragte Alexander, der auf einmal neben mir stand und mich besorgt musterte. »Du bist ganz blass. Setz dich besser erst einmal aufs Sofa. Soll ich dir etwas zu trinken holen?« Er schien wirklich beunruhigt zu sein, sah ich denn so schlimm aus? Ich wusste nicht, was ich sagen sollte.

»Mir war nur kurz schwindelig«, log ich nach einer Pause, in der er mich weiterhin aufmerksam musterte. Er ahnte doch nicht etwa etwas? Aber nein, das konnte nicht sein. Wahrscheinlich wurde ich jetzt einfach paranoid. »Am besten gehe ich in mein Zimmer und lege mich etwas hin.« Schnell griff ich meinen Laptop, das noch immer auf dem Tisch stand und lief damit in mein Zimmer. Nie wieder würde ich es unbeobachtet irgendwo stehen lassen.

In meinem Zimmer stellte ich ihn auf meinen Schreibtisch und warf mich dann aufs Bett und zog mir das Kissen über den Kopf. Fast sofort fingen auch die Tränen, die ich bisher zurückgedrängt hatte, an zu fließen. Ich steckte nicht knietief in der Scheiße, sondern bis zum Hals. Was sollte ich jetzt nur tun?

Paula - auf nach Aptos

Lissy und ich standen gemeinsam in der Küche und bereiteten unser Abendessen zu. Dabei ließ es sich gut reden. Ich hatte ihr gleich, als sie nach Hause gekommen war, von Catherines Erpressungsversuch erzählt.

»Du musst es ihm wirklich sagen«, sagte Lissy wohl zum zehnten Mal heute.

»Und wenn er mich dann hasst?«, fragte ich verzweifelt.

»Warum sollte er dich hassen? Es ist besser, wenn du ihm deine Gefühle gestehst, als wenn er es von ihr erfährt!« Langsam wurde Lissy wirklich ungeduldig, denn dieses ganze Gespräch hatten wir heute schon mehrmals geführt. Zum Glück war Alexander immer noch nicht zu Hause und Catherine war ausgegangen. Wahrscheinlich feierte sie, mich so in die Enge getrieben zu haben.

»Nun überleg doch mal die Alternativen, Paula«, flehte Lissy fast. »Entweder du verheimlichst deine Gefühle weiter und quälst dich damit selbst oder du redest endlich mit ihm. Ansonsten bleibt dir Catherine erhalten und ihre Freundin bekommst du auch noch dazu.« Allein bei dem Gedanken daran wurde mir übel. »Wer weiß, was sie dann als Nächstes von dir verlangen. Wenn du aber Alexander endlich deine Gefühle beichtest, weiß du endlich, woran du bist. Vielleicht erwidert er ja sogar deine Gefühle.« Das wäre zu schön, um wahr zu sein. Er könnte aber auch genau so gut angeekelt sein und was sollte ich dann tun?«Dann hättest du ihn und wärst Catherine los. Was klingt in deinen Ohren besser?«

Ich seufzte schwer. Natürlich hatte sie Recht, aber es war so schwer. Seit Jahren versteckte ich meine Gefühle und nun sollte ich offen darüber reden? Lissys Argumente waren nicht von der Hand zu weisen, wenn ich es ihm sagen würde, konnte es passieren, dass er mich verabscheuen würde, aber ein Leben mit Catherine und Irina in der WG wäre nicht besser. Zumal Alexander alles tat, um Catherine loszuwerden, und wahrscheinlich misstrauisch werden würde, wenn ich ihr plötzlich mein Zimmer gab, statt für ihren Auszug zu kämpfen. Alex kannte mich schließlich besser, als die meisten anderen Menschen, vielleicht abgesehen von Lissy.

»Ich werde es ihm in Aptos sagen«, versprach ich ihr.

»Wem willst du was sagen?«, fragte auf einmal Alex, der unbemerkt in die Küche gekommen war. Prompt lief ich rot an und drehte mich schnell um, damit er es nicht sah.

»Sei nicht so neugierig«, schalt Melissa ihn gespielt streng und schlug leicht mit dem Küchenhandtuch nach ihm. »Männer dürfen zwar alles essen, müssen aber nicht alles wissen.« Alexander und sie lachten laut auf und ich beeilte mich mitzulachen, auch wenn es etwas gekünstelt klang.

»Ich habe übrigens Steckschlösser besorgt für unsere Zimmer. Dann können wir die sicher abschließen, wenn wir nicht da sind. Die Schlüssel, die wir jetzt haben, passen für alle Zimmer und ich habe keine Lust, auf unangenehme Überraschungen. Mittlerweile traue ich dieser Irren alles zu. Das Wohnzimmer nicht sichern zu können, ist schon schlimm genug.«

Ich konnte ihn verstehen. Nach der Nacht, in der sie sein Zimmer verwüstet hatte, waren wir über drei Stunden beschäftigt gewesen, um wieder für Ordnung zu sorgen. Wenn Catherine seine Worte gehört hätte, wäre ihr vielleicht klar geworden, dass ihre Erpressung gar keinen Sinn machte. Egal, was ich Alex sagen würde, er würde niemals zustimmen, ihr das Zimmer zu überlassen, und wahrscheinlich würde er mich für verrückt halten, wenn ich es überhaupt vorschlagen würde.

* * * * *

Zwei Tage später war ich so aufgeregt, dass ich schon vor dem Klingeln des Weckers wach im Bett lag. Wir würden vier Tage in Aptos bleiben und irgendwann in dieser Zeit, musste ich Alexander alles erzählen. Gedanklich spielte ich unendlich viele Varianten durch, verwarf sie aber alle gleich wieder. Ich musste abwarten, wann sich eine Gelegenheit ergab, in der wir beide allein waren.

Lissy stand mit auf und wir frühstückten noch schnell zu dritt, ehe Alexander und ich losmussten. Wirklich Hunger hatte ich morgens um sechs Uhr zwar noch nicht, aber ich zwang mich dazu, etwas zu essen. Schließlich lag ein langer Flug vor mir. Zum Glück war es ein Direktflug nach Los Angeles, dort würde Dad uns abholen.

»Ich denke ganz fest an dich. Ruf mich an, wenn du mit ihm gesprochen hast«, flüsterte Lissy mir zum Abschied ins Ohr, als sie mich umarmte. Dann wünschte sie uns beiden eine gute Reise und versprach, nach der Wohnung zu sehen, auch wenn sie das Wochenende mit ihrer Familie verbringen musste. Ihre Eltern konnten zwar nicht kommen, aber ihr Onkel bestand auf eine Familienfeier.

»Paula komm, das Taxi wartet!«, rief Alexander ungeduldig. Im Gegensatz zu meiner Vorfreude, war seine ja auch ungetrübt und er konnte es kaum erwarten, unsere Eltern zu sehen. Ich sehnte mich natürlich auch nach unserer Familie, aber die bevorstehende Aussprache minderte meine Freude doch etwas.

»Ich komme sofort!«, rief ich zurück und umarmte Lissy noch einmal. »Ich melde mich«, versprach ich ihr, ehe ich Alex hinterherlief, der schon im Treppenhaus war.

Kurz vor dem Check-In holte ich mein Handy heraus, ich wollte noch einmal meine Nachrichten überprüfen, ehe ich das Telefon ausschalten musste. Es war nur eine, aber die sorgte dafür, dass mir gleich der Schweiß ausbrach.

Meinst du wirklich, dass dieses neue Schloss mich aufhält? Ich bekomme immer, was ich will!!!111!! Und ich will dieses Zimmer!!!111!!!!! Oder willst du, dass Alexander dein Tagebuch liest? Sicher nicht, also tu das Richtige!!!

Diese vielen Ausrufezeichen und dann noch die Zahlen, die es wichtiger erscheinen lassen sollten, wären ja eigentlich zum Lachen, aber danach war mir gerade wirklich nicht. Warum konnte sie mich nicht wenigstens jetzt in Ruhe lassen? Immerhin hatte sie mir Zeit gegeben, bis wir wieder da waren.

»Alles in Ordnung?«, fragte Alexander und musterte mich besorgt. »Wir müssen langsam einsteigen.« Ich nickte eilig und schaltete das Handy schnell aus.

»Ja klar, ich war nur in Gedanken«, log ich, atmete noch einmal tief ein und folgte ihm in das Flugzeug. Dieses Wochenende würde sie mir nicht kaputtmachen, schwor ich mir.

Der Flug verlief ruhig und ich entspannte mich auch langsam etwas. Kurzfristig hatte ich zwar überlegt, ob ich im Flugzeug mit Alex reden sollte, aber den Gedanken schnell wieder verworfen. Ich konnte ihm das nicht sagen, solange wir auf engsten Raum zwischen lauter fremden Menschen eingesperrt waren. Allerdings wusste ich auch sonst nicht, über was ich im Moment mit ihm sprechen sollte und so machte ich lieber die Augen zu und versuchte noch etwas zu schlafen. Heute Abend würde es sicher spät werden. Ich schaffte es auch wirklich, den Großteil des Fluges von New York nach Los Angeles zu verschlafen und als ich wieder wach wurde, schlief Alexander. Ich griff nach meinem Buch, das ich griffbereit in meinem kleinen Rucksack hatte und las, bis wir aufgefordert wurden, uns anzuschnallen, da das Flugzeug bald landen würde.

»Alexander, wach auf«, sagte ich und schüttelte leicht an seinem Arm. Keine Reaktion. »Du sollst aufwachen«, sagte ich lauter und schüttelte ihn etwas heftiger. Er schreckte hoch und schien einen Moment gar nicht zu wissen, wo wir waren.

»Schnall dich an, Alex«, forderte ich ihn auf. »Wir landen gleich.« Alexander suchte seinen Gurt und lächelte mich an, nachdem er ihn geschlossen hatte.

»Danke fürs Wecken, Kleines. Nächstes Mal kannst du ruhig zärtlicher sein«, neckte er mich.

»Soll ich dich etwa wachküssen, Dornröschen?«, fragte ich scherzhaft.

»Warum nicht?«, fragte er zurück und mir blieb einen Moment die Luft weg. Meinte er das ernst oder war das nur ein Spaß? Vielleicht könnte ja alles viel einfacher werden, als gedacht. Alexander seufzte schwer und ich fragte mich, warum? Was sollte ich denn bitte darauf antworten? Nur zu gern hätte ich ihn wirklich geküsst, aber ich hatte zu große Angst vor seiner Reaktion. Was sollte ich tun, wenn er mich wegstoßen würde? Ich grübelte still vor mich hin, bis das Flugzeug aufsetzte, dann atmete ich erleichtert auf. Gleich würde ich hier raus kommen und etwas Abstand zu ihm gewinnen können, um mein Gedankenchaos zu verdrängen.

Wir nahmen unser Handgepäck, Koffer hatten wir keine mit, da wir ja immer noch genug Sachen Zuhause hatten und beeilten uns durch die Kontrollen zu kommen. Kaum war ich durch die Sperre durch, flog mir auch schon Lilly in die Arme.

»Paulaaaaaaa, ich habe dich so vermisst«, jauchzte sie. »Endlich bist du wieder da.« Ehe ich mich versah, drückte sie mir einen feuchten Kuss auf die Wange und lief dann zu Alexander, um ihn ähnlich zu begrüßen. Mom und Dad folgten kurz hinter Lilly und begrüßten uns auch liebevoll, aber etwas weniger stürmisch. Ich freute mich riesig, dass Dad sich extra freigenommen hatte, um uns abzuholen. Ich hatte ihn und Mom ganz schön vermisst. Außerdem war meine Angst groß, ob sie mich noch so begrüßen würden, wenn sie von meinen Gefühlen für Alexander erfahren würden. Vielleicht war das albern, denn sie liebten uns wirklich sehr, aber die Angst war trotzdem da.

Die Autofahrt nach Hause verging rasend schnell. Wir alle erzählten, was alles passiert war, seit Alex und ich in New York waren. Alexander erzählte ausführlich von unseren Problemen mit Catherine, während ich lieber über Lissy sprach. Wenn ich an Catherine nur dachte, wurde mir schon leicht übel, immerhin war sie schuld daran, dass ich Alexander nach über drei Jahren nun meine Gefühle gestehen musste. Ich überlegte hin und her, wann ich es ihm sagen sollte. Heute? Morgen? Erst kurz bevor wir wieder zurückflogen?

Alexander erzählte, was für ein Theater Catherine wegen meines Zimmers gemacht hatte und ich stöhnte genervt auf.

»Können wir das Thema nicht etwas ruhen lassen?«, fragte ich frustriert und wurde unbewusst lauter, als ich eigentlich wollte. »Ich möchte die Tage hier genießen, ohne an dieses Miststück zu denken.«

Alle sahen mich erstaunt an, aber das war mir jetzt auch egal.

»Alles in Ordnung mit dir?«, fragte Mom besorgt.

»Ja, alles gut«, log ich mehr schlecht als recht. Ich merkte ihr an, dass sie mir nicht glaubte und auch Alex sah mich seltsam an. Mir wurde klar, ich musste schnellstmöglich mit ihm reden, ehe ich noch verrückt wurde. Am besten noch am heutigen Tag, ansonsten würde mir das ganze Wochenende vermiest werden. Je länger ich es vor mir her schob, umso schlimmer würde es werden. Als dieser Entschluss feststand, ging es mir sofort etwas besser. Egal wie Alexander reagieren würde, bald hätte ich es hinter mir.

Paula - Die Aussprache

Zuhause hatte sich nicht viel geändert, aber die Kleinigkeiten, die anders waren, fielen mir sofort auf. Ein neues Bild, ein neuer Tisch auf der Terrasse und ein neuer Wasserkocher. Wenn ich noch hier gewohnt hätte, dann wäre es wohl völlig normal für mich gewesen, man schaffte sich halt ab und zu neue Sachen an, aber jetzt fühlten sie sich wie Fremdkörper an. Wahrscheinlich, weil es zeigte, wie auch in Aptos die Welt nicht still stand, wenn wir nicht hier waren. Irgendwie hatte ich erwartet, hier würde immer alles so auf mich warten, wie es war, als ich wegging. Am meisten aber war die Veränderung an Lilli zu sehen. Sie schien ihrer Rosa-Phase entwachsen zu sein und war bestimmt fünf Zentimeter größer geworden, seit ich aufs College ging. Wie konnte das nur sein? Es waren doch eigentlich nur ein paar Wochen gewesen.

Heute Abend waren wir nur zu fünft beim Essen, morgen würde sich dann die ganze Familie bei Granny Olivia treffen. Unsere Cousins konnten es kaum erwarten, uns zu sehen, wie Dad uns mitgeteilt hatte. Mir wurde langsam klar, wie schwierig es werden würde, irgendwann allein mit Alexander zu sprechen.

»Und wie läuft es, außer euren Problemen mit den Mitbewohnern, sonst so in New York?«, fragte Dad und Alex begann begeistert von seinem Praktikum zu erzählen.
»Und bei dir, Paula?«, frage Mom, als er fertig war.

»Ich finde das College toll. Architektur zu studieren war genau die richtige Entscheidung für mich. Ich habe in den paar Wochen schon so viel gelernt. Es ist der Wahnsinn und auch sonst läuft es ganz gut«, antwortete ich ehrlich.

»Und hast du schon einen netten Jungen kennengelernt?«, fragte Lilli neugierig. Prompt lief ich rot an und alle sahen mich nun erst recht an.

»Nun erzähl schon!«, befahl Lilli.

»Ich habe viele Leute kennengelernt«, antworte ich ausweichend.

»Bist du verliebt?«, bohrte Lilli aber weiter. Ich spürte genau, wie alle Blicke auf mir lagen und schüttelte schnell den Kopf, in der Hoffnung, dass sie mir glauben würden. Aber außer meiner kleinen Schwester, die enttäuscht seufzte, schien ich niemanden zu überzeugen, also versuchte ich, schnell das Thema zu wechseln.

»Ich habe zwar keinen Freund, aber dafür die beste Freundin, die man sich vorstellen kann. Mit Lissy kann man Pferde stehlen.«

»Wo willst du denn in New York Pferde klauen? Da gibt es doch kaum welche und außerdem soll man nicht stehlen, sonst nimmt dich die Polizei fest«, ereiferte die Kleine sich und verstand gar nicht, warum alle anfingen zu lachen.

Nachdem sich alle wieder beruhigt hatten, wechselten wir zum Glück das Thema. Den Rest der Mahlzeit erzählte Lilli von der Schule und meine Eltern, was in Aptos so los war. Nach dem Essen halfen Alex und ich Mom dabei, die Küche aufzuräumen, und dann brachten sie und Dad Lilli gemeinsam ins Bett. Oft schaffte Dad das zeitlich nicht, weil er noch einmal ins Krankenhaus musste und so genoss sie das sehr.

»Hast du Lust, eine Runde am Strand spazieren zu gehen?«, fragte Alex mich.

»Ja, klar«, antwortete ich und schluckte trocken. Mir war klar, nun war wahrscheinlich die beste Gelegenheit, um mit ihm zu reden. Also nahm ich all meinen Mut zusammen.

»Ich muss sowieso mit dir sprechen und dort sind wir ungestört.«

Alexander - Die Aussprache

Paula stimmte dem Strandspaziergang sofort zu und ich war sehr froh darüber. Wir hatten am Wasser schon immer alles besprechen können und jetzt war eine Aussprache besonders nötig. Wir mussten unbedingt über den Beinahekuss reden und auch über die Nacht, die ich in ihrem Bett verbracht hatte. Meine Gefühle waren noch immer völlig durcheinander und ich wusste nicht, wie ich es in Worte fassen sollte, aber ich musste es einfach mit ihr besprechen. Zudem merkte ich ihr an, dass auch sie irgendetwas bedrückte.

Vorsichtig stiegen wir die Treppe zum Strand hinunter und gingen dann zunächst schweigend am Wasser entlang. Wahrscheinlich wusste sie genauso wenig wie ich, wie sie das Gespräch beginnen sollte. Erst als wir den Baumstamm erreichten, den wir immer als Bank benutzten, wenn wir ein Lagerfeuer am Strand machten, drehte ich mich zu ihr um, um ihr ins Gesicht zu sehen. Nun musste ich nur noch den Mut finden, um endlich den Mund aufzumachen.

»Paula, ich …«, fing ich an. Aber zeitgleich sagte sie: »Alexander, wir …« Da mussten wir beide lachen.

»Du zuerst«, forderte ich sie auf.

Paula atmete tief ein und schien erst allen Mut zusammennehmen zu müssen, ehe sie anfing zu sprechen.

»Alexander, ich … ich weiß gar nicht, wie ich es sagen soll«, erklärte sie. »Es ist alles so kompliziert. Seit wir uns kennen, bewundere und liebe ich dich, doch …« Noch einmal holte sie tief Luft und ich hielt fast den Atem an. Wollte sie mir sagen, wie entsetzt sie über den Beinahe-kuss war oder ging es ihr etwa ähnlich wie mir? Hatte sie etwa auch plötzlich nicht nur geschwisterliche Gefühle für mich?

»Seit einiger Zeit haben sich meine Gefühle für dich verändert«, fuhr sie fort und ihre Stimme überschlug sich fast, weil sie immer schneller sprach.

»Ich liebe dich immer mehr, allerdings nicht als Bruder, sondern als … Mann. Neulich hatte ich fast das Gefühl, du wolltest mich küssen. Irre ich mich da?«

Zum Ende hin war ihre Stimme immer leiser geworden und der Blick, mit dem sie mich ansah, immer ängstlicher. Vor allem, da ich es nicht schaffte, sofort zu antworten. Ich musste das Ganze erst verarbeiten. Meine Gefühle für sie veränderten sich auch, ich sah sie immer mehr als Frau, denn als Schwester. Aber liebte ich sie? Ja! Wenn ich genau darüber nachdachte, war ich wirklich dabei mich in sie zu verlieben, bisher hatte ich es mir aber nicht eingestehen wollen. Nicht nur, weil sie meine kleine Schwester war, sondern auch, weil ich mir nie sicher gewesen war, ob sie nicht doch auf Frauen stand. Paula wurde immer blasser, je länger ich nichts sagte und mit einem Mal drehte sie sich um und wollte weglaufen.

»Paula, warte bitte!«, rief ich und sie blieb zögernd stehen und sah mich noch ängstlicher an als zuvor. »Ich … ich weiß … ich will …«, suchte ich nach den richtigen Worten. Warum musste das nur so schwer sein?

»Es tut mir leid, wenn ich dich nun geschockt habe, aber ich musste es dir sagen, denn Catherine hat es herausgefunden«, erklärte sie und ließ dabei den Kopf hängen. Nun verstand ich gar nichts mehr.

»Was hat Catherine damit zu tun? Und warum erzählst du es ausgerechnet ihr?«, fragte ich ungläubig.

Paula lachte gekünstelt.

»Als hätte ich das jemals getan. Sie hat mein Tagebuch gelesen und erpresst mich nun.«

»Sie erpresst dich?«, fragte ich ungläubig. Diesem Miststück war wirklich jedes Mittel recht, um ihren Willen durchzusetzen.

»Ja, entweder sie darf in mein Zimmer ziehen und ihre Freundin bekommt Bens Zimmer, oder sie schickt eine Kopie meines Tagebuchs an dich, unsere Eltern und macht es auch in der Uni publik.« Entsetzt lauschte ich, wie widerwärtig Catherine doch war.

»Damit kommt sie nicht durch!«, rief ich aufgebracht und Paula atmete sichtbar auf, das Ganze musste sie schrecklich belastet haben.

»Lass uns das in aller Ruhe besprechen. Wir finden gemeinsam eine Lösung!«

Paula sah aus, als wäre ihr ein riesiger Stein vom Herzen gefallen. Ich hatte zwar keine Ahnung wie, aber ich würde alles tun, um sie vor dieser Irren zu beschützen, die scheinbar wirklich alles versuchte, um ihren Willen durchzusetzen. Wir setzten uns auf den Baumstamm, der schon immer unser Lieblingsplatz hier unten gewesen war. Ich saß hinten und Paula zwischen meinen Beinen. So saßen wir schon als Kinder immer. Ich zog sie in meinen Arm und überlegte, wie oft wir hier schon gesessen hatten. Immer mit dem Blick aufs Meer und dabei sprachen wir über Gott und die Welt oder schwiegen wie jetzt einfach einen Moment.

»Paula«, fing ich irgendwann das Gespräch wieder an. »Ich bin so froh, dass du zu mir gekommen bist und mir alles erzählt hast.« Ich merkte, wie sie die Luft anhielt.

Ich musste ihr endlich sagen, wie auch meine Gefühle sich veränderten, ehe sie noch erstickte. Warum hatte ich das nicht schon längst getan?

»Meine Gefühle für dich haben sich auch verändert. Ich hatte nur Angst, es mir einzugestehen. Aber da ist mehr als nur ein geschwisterliches Gefühl, viel mehr. Da ist auf jeden Fall ein Kribbeln, welches früher nicht da war ...«

Ich fand einfach nicht die richtigen Worte, um das zu sagen, was ich eigentlich wollte. Warum konnte ich ihr nicht einfach sagen, wie sehr ich sie liebte? Irgendetwas hielt mich noch davon ab. Deshalb zog ich Paula einfach näher an mich und hielt sie ganz fest in meinen Armen. Vielleicht konnte ich es ihr ja zeigen, wenn ich es nicht sagen konnte. Mein Kinn legte ich auf ihre Schulter und sie schmiegte ihre Wange an meine. Ich musste zugeben, dass es ein schönes Gefühl war, ihr so nahe zu sein. Eine Haarsträhne von ihr kitzelte mich leicht und deshalb strich ich sie zur Seite.

Nach einigen Minuten befreite sich Paula aus der Umarmung, stand auf und drehte sich um. Sie sah mir nun direkt in die Augen.

»Also kann ich noch hoffen?«, flüsterte sie fast. Sie sah dabei so ängstlich und verletzlich aus. Nun konnte ich nicht mehr reden, sondern musste handeln. Ich hatte das Gefühl, sie mit meinem nicht Aussprechen der Worte zu verletzen und so sprang ich auf, zog sie in die Arme und küsste sie ganz behutsam auf den Mund. Es war nicht unser erster Kuss, aber im Gegensatz zu früheren Küssen, war an diesem nichts Geschwisterliches mehr. Meine Zunge strich sanft über ihre Lippen und sie öffnete ihren Mund, um mich hereinzulassen. Schnell war der Kuss nicht mehr sanft, sondern richtig leidenschaftlich.

Als wir nach einigen Minuten schweratmend den Kuss unterbrachen, klopfte mein Herz wie wild. Es fühlte sich so gut an, so richtig. Es konnte einfach nicht falsch sein! Nie wieder würde ich in Paula nur meine kleine Schwester sehen können.

Paula - Heimlichkeiten

Später am Abend, lag ich lächelnd in meinem Bett, und traute mich fast nicht einzuschlafen. Vielleicht schlief ich ja in Wirklichkeit schon und alles wäre nur ein Traum gewesen, wenn ich morgen aufwachen würde. Konnte es wirklich sein, dass ich Alex nicht nur meine Liebe gestanden, sondern ihn auch noch geküsst hatte? Und der Kuss war einfach unbeschreiblich schön gewesen. Am liebsten wäre ich ja jetzt gleich in sein Zimmer geschlichen und hätte weiter gemacht. Aber das war keine gute Idee. Schließlich sollte erst einmal noch niemand davon erfahren. Natürlich würden wir unserer Familie irgendwann davon erzählen müssen, aber Alexander und ich waren uns einig, damit noch etwas zu warten.

Ich hatte zwar etwas Angst davor, Catherine könnte ihre Drohung wahr machen und ihnen mein Tagebuch schicken, aber Alex beruhigte mich.

»Wir sagen ihr einfach, sie wüssten schon Bescheid. Wir müssen nur zusammenhalten, dann glaubt sie uns bestimmt«, erklärte er und versprach mir außerdem, gleich nach unserer Rückkehr ein Gespräch über die Erpressung und ihren Auszug mit ihr zu führen. Er bat mich, ihm in dieser Sache zu vertrauen, und das tat ich zu einhundert Prozent. Eigentlich müsste ich Catherine ja fast dankbar sein. Ohne sie hätte ich mich nie getraut, mit Alex zu reden und ihm meine Gefühle zu gestehen.

Es dauerte noch einige Zeit, bis ich dann doch irgendwann einschlief. Es schien mir, als wären nur Minuten vergangen, als Lillis Stimme mich schon wieder weckte. »Komm, Paula!«, forderte sie lautstark. »Wir brauchen dich in der Küche. Heute ist doch großer Familienbrunch und alle müssen mithelfen und nicht faul im Bett rumliegen.« Ich knurrte nur und zog mir das Kissen übers Gesicht. Fast wünschte ich mich nach New York zurück, denn dort hätte ich heute einfach ausschlafen können.

»PAULAAAAAAA!«, schrie Lilli nun so laut, dass meine Ohren regelrecht klingelten. Seufzend richtete ich mich auf.

»Ja, du Quälgeist, ich stehe ja schon auf.« Genervt warf ich ihr mein Kissen an den Kopf, auch wenn sie das nicht wirklich zu stören schien. Lilli kicherte nur und warf es zurück. Dann schnappte sie sich noch zwei Kissen von meinem Sofa und warf auch diese nach mir. Das konnte ich natürlich nicht auf mir sitzen lassen. Ich warf zurück und im Nu entwickelte sich eine Kissenschlacht, bis ich mir das kleine Ungeheuer schnappte und sie ordentlich durchkitzelte.

»Hilfe!«, schrie Lilli kichernd. »Warum hilft mir denn niemand?« Ich kitzelte sie noch stärker und sie quiekte und bettelte zappelnd um Gnade.

»Wolltest du nicht Mom helfen, Lilli?«, fragte Dad auf einmal und beobachtete uns lächelnd. Ich hatte gar nicht bemerkt, wie er mein Zimmer betrat. Aber bei dem Lärm, den wir machten, war das ja auch kein Wunder.

»Paula lässt mich ja nicht«, behauptete die Kröte frech und befreite sich aus meinen Armen. »Ich helfe Mom schließlich immer.« Dads Grinsen wurde noch breiter.

»Wer soll dir das denn glauben?«, neckte ich sie. Lilli streckte mir noch die Zunge raus und rannte dann aus meinem Zimmer. »Wir frühstücken in zwanzig Minuten, kommst du dann runter, Paula? Deinen Bruder habe ich auch gerade geweckt.« Dad sah mich liebevoll an, während er mit mir sprach und ich versprach ihm, gleich hinunter zu kommen. Das Minifrühstück vor dem Familienbrunch war zwar ungewöhnlich, aber Tradition bei uns, da Alex und ich es als Kinder nie bis zum Bruch ausgehalten hatten und mit Lilli war es nun ähnlich. Deshalb machte Mom an solchen Tagen morgens immer einen leichten Obstsalat.

Ich sprang noch schnell unter die Dusche und zog mich an, dann machte ich mich auf den Weg nach unten. Im Flur vor meiner Tür wartete Alexander auf mich.

»Guten Morgen, Paula«, sagte er leise und sah mich dabei liebevoll an.

»Guten Morgen, Alex«, flüsterte ich zurück. Wie gern hätte ich ihn jetzt einfach geküsst. Ich beugte mich etwas vor, zögerte dann aber doch, weil ich Angst hatte, er könnte es vielleicht nicht wollen. Aber er lächelte liebevoll und zog mich einfach in seine Arme.

»Sei nicht schüchtern, Paula«, flüsterte er. »Wenn du mich küssen willst, dann tu es einfach.« Und das tat ich dann auch ausgiebig. Er schmeckte so gut, nicht nur nach Zahnpasta, sondern irgendwie hatte er auch noch ein ganz eigenes Aroma. Ihn zu küssen, ließ mich einfach die ganze Welt um uns herum vergessen. Erst als meine Mutter rief, weil das Frühstück fertig war, trennten sich unsere Lippen.

»Ich komme sofort«, rief Alexander laut und zwinkerte mir zu. »Ich gehe vor, du solltest noch einen Augenblick warten«, flüsterte er und strich mir sanft eine Haarsträhne, die mir ins Gesicht gefallen war, hinters Ohr. »Du siehst übrigens wunderschön aus heute Morgen.« Ich warf ihm noch eine Kusshand zu, ehe er sich umdrehte und hinunter ging. Ich machte erst noch einmal einen Abstecher ins Bad und kühlte mein Gesicht mit Wasser, ehe ich ihm nach unten folgte.

Wir wollten uns so normal wie möglich benehmen. Allerdings hatte ich das Gefühl, jeder könnte mir ansehen, wie sehr sich alles veränderte. Alexander und ich waren uns zwar schon immer nah gewesen, aber nun war doch alles ganz anders. Das mussten sie doch bemerken und meine Angst vor den Reaktionen der Familie war groß.

Aber zum Glück schien niemand etwas zu ahnen. Die Vorbereitungen liefen gut und zum Brunch kam die ganze Familie Baker-Stark-Scott zusammen. Mit vierzehn Personen am Tisch war es natürlich laut und chaotisch. Vor allem die D's und Lilli waren ständig am Schnattern und so fiel es kaum auf, dass Alexander und ich etwas ruhiger waren. Natürlich verzichteten wir darauf, uns zu berühren, aber ich konnte es nicht verhindern, ihm immer wieder verstohlene Blicke zuzuwerfen, wenn gerade niemand hinsah. Sein Lächeln verzauberte mich einfach immer wieder, auch wenn es gerade nicht mir galt, sondern Dave, der gerade von einem Basketballspiel seiner Mannschaft erzählte.

»Paula? Paula, hörst du mir überhaupt zu?«, fragte Grandpa Matthew und stieß mich leicht an. Ich merkte, wie ich rot anlief.

»Verzeih mir, Grandpa, ich war in Gedanken.«

»Das habe ich bemerkt, Süße«, sagte er lachend. »Du hast wohl von deinem Liebsten geträumt, wenn ich deinen Gesichtsausdruck richtig deute.« Ich war entsetzt, war ich etwa so leicht zu durchschauen? Am liebsten hätte ich Alex hilfesuchend angesehen, aber dass würde wohl alles nur noch schlimmer machen, also blickte ich lieber auf meinen Schoß.

»Paula hat keinen Liebsten, nur ihre Lissy!«, krähte Lilli dazwischen und ich war mir nicht sicher, ob ich sie dafür umarmen oder erwürgen wollte.

»Lissy ist meine beste Freundin«, erklärte ich schnell. »Einen Freund habe ich derzeit nicht.« Ich warf schnell einen Blick zu Alexander, der mich beobachtete. Zum Glück sah er nicht verletzt aus, sondern zwinkerte mir unauffällig zu.

»Du hast ja auch noch Zeit«, erklärte Grandpa William überzeugt. »Heutzutage wechseln die meisten jungen Leute ihre Freunde ja fast schneller als ihre Unterwäsche. Da ist es mir lieber, wenn du auf den Richtigen wartest.« Genau in diesem Moment klingelte es an der Tür und ich war heilfroh, das Gespräch nicht weiterführen zu müssen. Mom eilte hin und kam kurz darauf zurück.

»Paula, kommst du mal bitte? Es ist ein Päckchen für dich, du musst persönlich dafür unterschreiben.«

Ein Päckchen für mich? Was konnte das denn sein und warum war es hier nach Aptos geschickt worden und nicht nach New York? Außer der Familie und unseren engsten Freunden wusste doch niemand, wo ich war. Oder hatte Catherine mir etwa etwas geschickt, um mich unter Druck zu setzen? Mein Handy war seit gestern ausgeschaltet, die eine SMS hatte mir gereicht. Verwirrt und etwas ängstlich stand ich auf und ging selber zur Tür. Doch dort stand nicht etwa ein Paketzusteller, sondern Michelle. »Überraschung!«, rief sie fröhlich und fiel mir um den Hals. »Ich bin auch zu Thanksgiving in Aptos und dachte, ich gucke mal bei dir vorbei«, ratterte sie herunter und drückte mich fest. Ich erwiderte ihre Umarmung nur zu gern. Alles war besser, als eine Nachricht von Catherine. Mein schlechtes Gewissen meldete sich trotzdem, weil ich in der letzten Zeit nicht einmal an Michi gedacht hatte. Sie war mal meine beste Freundin gewesen und nun kam ich mir untreu vor, weil Lissy mir in der kurzen Zeit schon viel wichtiger war, als Michi es je gewesen war.

»Ich will auch nicht lange stören, ich sehe ja an den Autos, ihr habt die ganze Familie da«, erklärte sie schnell. »Aber heute Abend machen wir eine Strandparty, fast alle aus unserer alten Klasse sind für ein paar Tage wieder hier und es macht doch bestimmt Spaß, sie wieder zu sehen.« Ich versprach, es mir zu überlegen und verabschiedete mich schnell wieder von ihr. Michi war schon fast wieder an ihrem Wagen, als sie sich noch einmal umdrehte. »Alexander kann natürlich auch gern kommen, von seiner alten Clique sind auch einige heute Abend dabei. Nikki freut sich bestimmt, wenn er kommt.«

»Ich richte es ihm aus«, versprach ich und unterdrückte mühsam die Eifersucht, die sofort in mir hochkochte.

Wenn Nikki da war, würde ich auf keinen Fall mit Alex zu dieser Party gehen. Die beiden zusammen zu sehen, würde ich nicht ertragen und mich wahrscheinlich schneller verraten, als mir lieb war. Aber vielleicht hatte ich ja Glück und er wollte gar nicht dorthin gehen.

»Na, hat dir deine Post gefallen, Paula?«, neckte Dad mich, als ich wieder zur Familie stieß und lächelnd nickte.

»Ja, es war schön Michelle mal wieder zu sehen. Sie hat mich zu einer Strandparty eingeladen, aber die ist heute und ich bleibe lieber bei euch. So oft kommt die ganze Familie ja nicht zusammen.« Das war doch die perfekte Ausrede, um dort nicht hinzumüssen, leider hatte ich nicht mit meiner Familie gerechnet.

»Natürlich gehst du dorthin«, erklärte Granny Olivia. »Die Jugend braucht Jugend um sich herum. Und deine Freunde hast du ja auch einige Zeit nicht gesehen. Man darf seine Freunde nicht vernachlässigen.«

»Ich gehe nachher auch zu der Party«, erklärte Alex. »Ralf hat mir eine Nachricht geschickt, der halbe Jahrgang wird dort sein und ich freue mich, die Jungs wieder zu sehen.« Damit war das Thema für die Familie geklärt und ich seufzte schwer. Nun blieb mir eigentlich kaum noch etwas anderes übrig, als dorthin zu gehen. Ob es wohl auffallen würde, wenn ich Nikki im Pazifik versenken würde?

Paula - Ein bisschen Zweisamkeit

Als die Familie sich nach dem Kaffeetrinken verabschiedete, war ich froh, dass niemand etwas von unserer veränderten Beziehung zueinander bemerkt hatte. Ich war einfach noch nicht bereit, mich zu outen und Alex ging es wohl genauso. Ich sah ihm die Erleichterung an, als wir gemeinsam nach der Verabschiedung wieder ins Haus gingen. Mom, Dad und Lilli wollten noch einen Spaziergang machen, sodass wir zum ersten Mal seit heute Morgen allein waren.

»Geschafft«, sagte er lächelnd und griff nach meiner Hand. »Lange hätte ich es auch nicht mehr ausgehalten«, erklärte ich und küsste ihn vorsichtig auf die Wange, dann gingen wir händchenhaltend nach oben. Es war noch ungewohnt für mich, so mit ihm zu gehen. Aber das Gefühl war einfach unbeschreiblich schön und ich wollte mehr davon. So lange hatte ich es mir gewünscht und davon geträumt - endlich war es Wirklichkeit geworden.

»Ich habe zwar Angst vor den Reaktionen, aber diese Heimlichtuerei fällt mir unheimlich schwer«, gestand ich. »So lange war ich schon heimlich in dich verliebt. Ich möchte dich endlich küssen dürfen, wann und wo immer ich will.« Nervös sah ich Alexander an. War er schon bereit dazu, unsere Beziehung öffentlich zu machen, oder drängte ich ihn zu sehr?

»Lass uns das lieber in meinem Zimmer besprechen«, antwortete Alex nach einem kurzen Schweigen und ging langsam weiter. Ich stockte kurz und merkte, wie sich mein Herz vor Angst zusammenzog. Aber er drückte beruhigend meine Hand und so ging ich weiter. Wir mussten noch so vieles besprechen und hatten eigentlich kaum Zeit, wenn wir wirklich zu dieser Party gehen wollten. Wirkliche Lust dazu verspürte ich nicht, aber wenn wir zu Hause bleiben würden, wären unsere Eltern sicher misstrauisch geworden.

In Alexanders Zimmer angekommen, setzten wir uns auf sein Bett und ich senkte den Kopf. Ich hatte riesige Angst, er könnte nun unsere Beziehung, wenn man es denn so nennen wollte, gleich wieder beenden, weil es ihm zu kompliziert war.

»Paula«, sagte er sanft aber bestimmt. »Nun mach dir nicht zu viele Gedanken. Ich bin wirklich in dich verliebt, aber das Ganze ist noch so neu und verwirrend. Ich möchte mit dir zusammen sein, aber ich brauche noch etwas Zeit, bis ich es unseren Eltern sagen kann. Das wird sicher für alle erst einmal ein Schock und ich möchte erst etwas Zeit mit dir genießen, ehe wir uns dem stellen. Kannst du damit leben? Catherine werden wir es natürlich sagen und ihr damit zeigen, dass sie keine Chance hat, mit ihrer Erpressung durchzukommen. Lissy kannst du es natürlich auch erzählen. Ich glaube nicht, dass du ein Geheimnis vor ihr haben willst, zumal sie sicher über deine Gefühle Bescheid weiß, oder?«

Ich nickte erleichtert.

»Damit kann ich gut leben, Alex.« Wahrscheinlich strahlte ich jetzt über das ganze Gesicht. Wenn ich in unserer WG offen damit umgehen konnte, war das ja schon ein großer Fortschritt. Unseren Eltern konnten wir es auch später noch sagen. »Wir müssen ja auch erst einmal sehen, ob wir als Paar überhaupt funktionieren. Vielleicht hast du in drei Wochen ja schon wieder die Nase voll von mir. Weder du, noch ich, hatten schon eine längere Beziehung. Der Zauber war immer viel zu schnell verflogen bei mir und auch wenn ich hoffe, dass es bei uns nicht so sein wird, so möchte ich doch nicht alle gleich verrückt machen und am Ende klappt es dann doch nicht mit uns.«

Alexanders Worte machten mir Angst, aber er schwächte sie ab, indem er sich zu mir beugte und mich küsste. Erst nur ganz sanft auf die Lippen, aber das reichte mir nicht, deshalb biss ich ihm leicht in die Unterlippe und leckte dann darüber. Er stöhnte auf und vertiefte den Kuss augenblicklich. Ich konnte genau spüren, wie sich die Atmosphäre im Zimmer veränderte, es war, als würde die Luft knistern vor sexueller Spannung.

Alex drückte mich sanft nach hinten, bis ich auf dem Rücken in seinem Bett lag, dann kniete er sich über mich und sah mich zärtlich an.

»Ich könnte dich stundenlang küssen, Paula«, flüsterte er mit viel dunklerer Stimme als sonst. Dann begann er, kleine Küsse überall auf meinem Gesicht zu verteilen. Meine Stirn, die Nase, meine Wangen, zwischendurch auch wieder auf den Mund, er ließ nichts aus. »Du bist so wunderschön!« Er knabberte dann sanft an meinem Ohrläppchen. Die Gefühle, die er damit in mir auslöste, waren unbeschreiblich schön, aber auch etwas beängstigend für mich. Ich hatte mich zwar schon selbst berührt, war dabei aber selten so erregt gewesen, wie nun bei diesen harmlosen Berührungen von Alexander. Schließlich fing er wieder an, mich zu küssen, und unsere Zungen spielten wild miteinander, als ein Klingeln an der Tür uns abrupt unterbrach. Wir setzten uns schnell auf und lauschten, ob jemand öffnen würde. Waren wir überhaupt noch allein im Haus? Ich hatte völlig vergessen, dass unsere Eltern und Lilli schon längst wieder im Haus sein könnten. Wenig später klingelte es aber ein zweites Mal und Alex erhob sich seufzend von seinem Bett.

»Ich mache dann mal auf, du siehst aus, als müsstest du dich erst etwas beruhigen«, meinte er grinsend und strich sich die Haare glatt, die ich ihm während unseres Kusses zerwühlt hatte.

Schnell stand ich auf und lief ins Bad, um nachzusehen, was er meinte. Das Bild, das ich im Spiegel sah, erschreckte mich etwas. Meine Wangen waren leuchtend rot, meine Haare zerzaust, meine Kleidung war verrutscht und meine Augen glänzten unnatürlich stark. Zum Glück hatte mich niemand außer Alexander so gesehen, sonst wäre unser Geheimnis wohl schon keines mehr. Schnell kämmte ich meine Haare, brachte meine Kleidung in Ordnung und kühlte mein Gesicht mit etwas Wasser. Nur meine funkelnden Augen verrieten mich jetzt noch, aber gegen die konnte ich nichts tun.

»Paula!«, hörte ich Alex laut rufen. »Besuch für dich. Es ist Michelle.«

»Schick sie hoch«, rief ich zurück. Das war ganz wie in alten Zeiten, auch wenn sich sonst so viel geändert hatte. Michelle und ich schrieben uns zwar noch ab und zu mal eine Nachricht, aber lange nicht so intensiv, wie ich im Sommer noch erwartet hätte. Wenn ich heute zwischen ihr und Lissy wählen müsste, dann würde ich ohne zu zögern Lissy nehmen. Michelle spielte leider nur noch eine Randfigur in meinem Leben.

Bei ihr sah das scheinbar etwas anders aus, auch wenn sie nicht öfter, als ich geschrieben hatte.

»Paula! Du hast mir so gefehlt«, erklärte sie und umarmte mich stürmisch. »Wollen wir uns zusammen für die Party fertig machen? Ganz wie in alten Zeiten?«

»Klar, Michi«, erklärte ich, obwohl es sich gar nicht so anfühlte. »Ganz wie in alten Zeiten. Wie gefällt es dir in Los Angeles? Wie läuft das Studium?«

Michelle erzählte so einiges, während wir in meinem Kleiderschrank nach dem richtigen Party-Outfit suchten. Ich war froh, dass sie redete und mir nicht so viele Fragen stellte. Viel Auswahl hatte ich hier ja nicht mehr, die meisten meiner Sachen waren schließlich in New York, aber nach einigem Suchen, fanden wir doch das Richtige. Eine schwarze Röhrenjeans, meine rote Wildlederjacke und Sneaker dazu. Es gab zwar auch passende Stiefel dazu, aber am Strand waren Absätze eher unpraktisch.

Michi hatte ihr Outfit in einer Tasche mitgebracht und zog sich auch hier um. Als wir beide mit umziehen fertig und geschminkt waren, hatten wir noch etwas Zeit und setzten uns wie früher einander gegenüber aufs Bett.

»Und nun erzähl mal etwas von New York«, forderte sie mich auf. »Die Stadt ist der Wahnsinn, wie ist es da zu studieren? Wie ist die Uni? Macht dir das Studium Spaß? Und wie sind deine Mitbewohner? Meine sind totale Langweiler, aber dafür habe ich ja zum Glück Daisy, zu der ich jederzeit gehen kann …« Daisy war Michelles Cousine, die aus Los Angeles stammte und auch dort studierte. Sie war zwar ein Jahr jünger als wir, aber sie hatte die Highschool eher abgeschlossen.

»Vielleicht zieht Daisy nächstes Jahr auch bei ihren Eltern aus, dann nehmen wir uns zusammen ein Zimmer im Wohnheim. Die Vierer-WG ist nicht so mein Ding. Ständig gibt es Zoff, wie läuft das denn bei euch?«

Irgendwie fühlte es sich komisch an, mit Michelle zusammen zu sein. Ich vermisste auf einmal Lissy. Mit ihr konnte ich über alles reden. Jetzt war ich froh über dieses unverfängliche Thema und erzählte ihr von den Problemen, die wir mit Catherine hatten und von Ben, der deswegen schon ausgezogen war.

»Wenn das alles geklärt ist, bekommt meine Freundin Melissa eines der freien Zimmer und für das andere suchen wir uns dann einen neuen Mitbewohner«, erklärte ich ihr.

Michi seufzte tief.

»Ich wünschte, ich könnte bei euch einziehen. Deine Lissy ist bestimmt eine super Freundin und wir könnten so viel Spaß zu dritt haben. Aber New York würden meine Eltern nie erlauben und zu teuer wäre es ihnen sicher auch.«

Ich wusste gar nicht, was ich darauf antworten sollte. Irgendwie konnte ich es mir nicht vorstellen, mit Michelle zusammen zu wohnen. Auch wenn sie meine Freundin war, hatte ich nicht das Gefühl, ihr von Alexander und mir erzählen zu können und deshalb war ich eigentlich ganz froh, dass New York für sie nicht in Frage kam.

»Du kannst dir ja nach dem Studium einen Job in New York suchen«, sagte ich deshalb nur. Aber Michelle schüttelte den Kopf. »Ich glaube nicht. Das ist so weit weg. Meine Eltern erwarten, dass ich wieder nach Aptos komme.« Was war ich da froh, dass meine Eltern nicht so waren. Sie würden sich zwar sicher freuen, wenn wir hierher zurückkommen würden, aber sie würden es nie von uns verlangen.

Wieder klingelte es an der Tür.

»Paula, Michelle! Jodie ist hier, kommt ihr runter?«, rief wenig später meine Mutter und wir beeilten uns, loszukommen. Auch wenn ich gar keine große Lust auf die Party hatte, war ich froh, nun starten zu können. Irgendwie war es nicht mehr so einfach wie früher, mit Michelle zu reden. Außerdem wusste ich auch nicht, was aus ihrer Schwärmerei für Alexander geworden war und mit ihrem Freund war schon wieder Schluß. Ein Grund mehr, das Thema zu vermeiden.

»Wir kommen«, rief ich zurück und machte mich mit ihr zusammen auf den Weg nach unten. Ich wünschte, die Party wäre schon vorbei.

Alexander - Strandparty

Ich war etwas später als Paula und ihre Freundinnen zum Strand hinunter gegangen, damit niemandem etwas auffiel und nun war die Party schon in vollem Gange. Aber das störte mich nicht, ich sah mich nach einigen alten Klassenkameraden um und entdeckte auch gleich eine Gruppe von ihnen, die mit Bierdosen in den Händen, in der Nähe eines Grillfeuers standen. Überall am Strand waren große Feuer entzündet und Fackeln in den Sand gesteckt, damit man in der einsetzenden Dämmerung etwas erkennen konnte. Es war schon erstaunlich, wie viele bekannte Gesichter hier waren. Unauffällig sah ich auch nach, wo Paula sich wohl aufhielt, aber ich konnte sie nirgendwo entdecken. Allerdings waren auch so viele Leute hier, da war es schwierig, den Überblick zu behalten. Also entschied ich mich, erst einmal zu der Gruppe am Feuer zu gehen.

»Dan, Steve, Chris«, begrüßte ich die drei.

»Lange nicht gesehen!«, grölte Steve. Er schien schon ganz schön betrunken zu sein.

»Ja, was macht ihr jetzt so?«, fragte ich neugierig. Dan erzählte, er würde jetzt Jura studieren. Steve und Christopher, die zusammen in Kalifornien studiert hatten, lebten nun in Los Angeles und hatten dort eine Autowerkstatt gepachtet, die sie zusammen führten.

»Ihr könnt euch nicht vorstellen, wie aufregend es ist, der Chef zu sein und anderen zu sagen, was sie machen sollen. Diese Macht ist unglaublich«, gab Steve an.

»Wir haben einen Angestellten, Steve«, lachte Chris.

»Trotzdem«, beharrte Steve. »Wenigstens einer, der nach meiner Pfeife tanzt. Ich hol mir noch ein Bier und dann suche ich mir eine heiße Schnecke.« Chris sah ihm besorgt nach, als Steve mehr davon wankte, als er ging. »Ich sollte ihn im Auge behalten«, meinte er dann. »Lydia ist gestern endgültig ausgezogen. Sie will ihn nie wieder sehen und das nach sieben Jahren Beziehung. Er ist völlig fertig und ich will nicht verantwortlich sein, wenn ich ihn alleine lasse und er Mist baut. Vielleicht sieht man sich später noch.«

Dan und ich sahen den beiden nach. Steve und Lydia waren schon in der Highschool das Traumpaar der Schule gewesen. Abschlussball König und Königin. Es war fast nicht vorstellbar, die beiden nun nicht mehr zusammen zu sehen. Irgendwie machte mir diese Trennung Angst. Was würde passieren, wenn es mit mir und Paula nicht funktionieren würde? Wenn es dazu käme, würden wir uns nicht ewig aus dem Weg gehen können. Allerdings hatte ich bisher auch kein Problem damit gehabt, Ex-Freundinnen später wieder zu treffen. Schnell verdrängte ich diese Gedanken wieder. Wenn ich jetzt schon über Trennung nachdachte, was für eine Chance hatten wir dann? Ich wollte positiv denken, um die Beziehung nicht von vornherein zum Scheitern zu verurteilen.

»Erde an Alexander«, riss Dan mich aus diesen Gedanken. »Auf welchem Planeten warst du denn gedanklich?« Ich musste grinsen, unser Physiklehrer hatte das immer gefragt, als wir in der Oberstufe waren. Wir entwickelten daraus im Laufe der Jahre unsere ganz eigene Geheimsprache.

»Venus«, antwortete ich, das war unser Code gewesen, wenn wir an ein Mädchen dachten. Saturn war Sport gewesen, Jupiter Probleme ...

»Und wer ist die Glückliche? Oder hast du sie in New York kennengelernt?«, hakte er nach.

»Sie studiert auch in New York«, antwortete ich ausweichend. »Aber es ist alles noch ganz frisch und ich will sie erst besser kennenlernen.« Damit gab er sich zufrieden.

»Genau, warte erst einmal ab, wie es läuft, der Rest ergibt sich dann von allein. Pass nur auf und denk an die Verhütung. Sonst steckst du bald in der Klemme.« Ich konnte den Frust in seiner Stimme gut verstehen, brauchte aber keine Angst haben, mir könnte ähnliches passieren. Dans Exfreundin versuchte, ihm ein Kind unter zu schieben und das auch, obwohl der Vaterschaftstest eindeutig bewies, dass er es nicht war. So erzählte sie es trotzdem überall herum und er hatte dadurch riesige Probleme bekommen.

»Ich bleibe Single«, erklärte er. »Lieber kein Sex, als so ein Theater, wie mit Jeany!« Ich antwortete nicht darauf, sondern überlegte, wie Sex mit Paula wohl wäre. Sehr wahrscheinlich war sie noch Jungfrau, sie war nicht der Typ für heimliche One-Night-Stands und eine Beziehung hatte sie ja noch nie gehabt. Außerdem hätten die Typen in Aptos wahrscheinlich damit angegeben, wenn sie die eiserne Jungfrau Paula geknackt hätten. Die meisten Teenager waren nun einmal angeberische Idioten und über Paula hatte nie jemand etwas erzählt. Deshalb gab es ja auch die Gerüchte, sie wäre lesbisch.

Wie es wohl sein würde, mit einer Jungfrau zu schlafen? Alle Mädchen, mit denen ich bisher Sex gehabt hatte, waren keine mehr gewesen. Ich würde ganz vorsichtig mit ihr sein müssen. Dass wir Sex haben würden, war klar. Die Frage war nur, wann? Ich würde Paula alle Zeit geben, die sie brauchte und sie nicht dazu drängen.

Für Gedanken über Sex mit Paula, war diese Party nicht gerade der beste Ort. Ich trug eine ziemlich enge Jeans und nun wurde sie gerade noch enger.

»Na, du bist wohl gedanklich gerade ganz woanders, oder?«, fragte Dan grinsend und deutete auf meinen Schritt. »Muss ein heißer Feger sein, deine Freundin. Vielleicht sollte ich mir doch auch mal wieder etwas Spaß gönnen. Ist deine Schwester eigentlich auch hier?« Sie in diesem Zusammenhang zu erwähnen, war keine gute Idee. Am liebsten hätte ich ihn am Kragen gepackt, aber ich riss mich zusammen und funkelte ihn nur mit geballten Fäusten an.

»Pass auf, wie du von ihr sprichst!«, wies ich ihn zurecht.

»Ach, komm schon. Sie ist doch jetzt achtzehn und irgendwann muss sie doch mal jemanden ran lassen, oder ist sie doch lesbisch?«, setzte er noch einen drauf. Ich musste mich schwer zusammenreißen, um ihn nicht einfach zu schlagen. Wenn ich so weiter machen würde, wüsste bald wahrscheinlich jeder über meine Gefühle für sie Bescheid. So beschützerisch ich auch sonst war, wenn es um meine Schwestern ging, nun handelte ich eindeutig aus Eifersucht und nicht aus Sorge.

»Lass die Finger von Paula!«, knurrte ich ihn trotzdem regelrecht an. »Sie hat etwas Besseres verdient, als von dir als Objekt angesehen zu werden. Wenn du so über Frauen sprichst, dann bist du nicht viel besser als deine Ex.«

Nun war auch Dan sauer und ballte ebenfalls die Fäuste, doch ehe wir aufeinander losgehen konnten, kam Nikki Nelson direkt auf uns zu.

»Alexander! Dan! Ich freue mich so, euch hier zu sehen.« Wie immer, wenn sie mich sah, überschlug sich ihre Stimme fast vor Begeisterung. Ich war weniger begeistert, sie zu sehen. Nikki war eine riesige Nervensäge und außerdem konnte Paula sie nicht leiden. Ich wollte nicht riskieren, sie zu verletzen, weil sie mich mit Nikki sehen könnte.

Suchend sah ich mich um, ich wollte sehen, ob sie irgendwo in der Nähe war. Leider konnte ich sie nirgendwo entdecken.

»Alexander, du hörst mir gar nicht zu«, beschwerte Nikki sich und ich schüttelte unwillig den Kopf. ›Wie habe ich es früher nur mit ihr aushalten können?‹

»Tut mir leid, Nikki. Aber ich muss weiter. Schönen Abend noch.« Ich ging, ohne auf ihren Bettelblick, der mich an einen hungrigen Labrador erinnerte, einzugehen. Als ich einige Meter gegangen war, hörte ich Dan lachen und drehte mich noch einmal kurz um. Nikki stand immer noch an der gleichen Stelle und sah nun wie ein begossener Pudel aus, aber das war mir egal. Dan legte einen Arm um ihre Schulter und ich war froh, weil sie mir jetzt nicht folgen konnte. Sollte er sie ruhig trösten. Vielleicht konnten Paula und ich so etwas Ruhe vor den beiden genießen.

Ich drehte mich wieder um und ging weiter. Warum nur hatte ich darauf bestanden, die Beziehung geheim zu halten? Ich dachte, so wäre es leichter, aber nun musste ich mir eingestehen, dass ich damit völlig falsch lag.

Wären wir einfach zusammen hierher gegangen, hätte ich mich bei so einem Spruch einfach auf Dan stürzen und ihn verprügeln können.

Ich ging immer schneller über den Strand, von einer Gruppe zur anderen, aber ich konnte Paula einfach nicht finden. Langsam wurde ich immer nervöser. Sie konnte sich doch nicht in Luft aufgelöst haben. Oder war sie etwa nach Hause gegangen? Hatte sie auf diese dämliche Party ebenso wenig Lust wie ich? Nun hielt ich auch nach Michelle und Jodie Ausschau, konnte aber auch die beiden nirgendwo entdecken. Mittlerweile war ich ganz am Ende des Strandabschnittes angelangt, auf dem die Party stattfand. Weiter hinten im Dunkeln konnte ich zwar noch einige Paare erkennen, die sich in die Dunkelheit zurückgezogen hatten, doch Paula war sicher nicht dort.

Plötzlich kam mir ein Gedanke. War es vielleicht schon viel später, als ich annahm und sie und ihre Freundinnen waren schon nach Hause gegangen? Ich beschloss, noch einmal systematisch alle Gruppen am Strand abzusuchen und wenn ich Paula dann nicht fand, dann würde ich nach Hause gehen. Auf alte Freunde hatte ich jetzt wirklich keine Lust mehr, die einzige, mit der ich zusammen sein wollte, war im Moment Paula. Wenn ich mir das eher eingestanden hätte, wäre der Abend viel schöner verlaufen, egal wie viele seltsame Blicke und negative Kommentare wir geerntet hätten. Warum war ich nur so ein Feigling gewesen?

Als ich schon fast jede Gruppe am Strand abgesucht hatte und mich unzählige Male entschuldigen musste, weil ich nicht stehenbleiben konnte, entdeckte ich zumindest Michelle. Sie hing am Arm eines Jungen, den ich nur vom Sehen kannte und strahlte über das ganze Gesicht, über jedes Wort, das er sagte. Ich überlegte gerade, ob ich sie stören sollte, um nach Paula zu fragen, als die Gesuchte mit Jodie und vier Bierdosen an das Feuer trat. Ich blieb stehen und beobachtete jede Bewegung von ihr. Ihr Gesicht hatte durch den Feuerschein und die Schatten um sie herum beinahe etwas Magisches und ich wollte nichts lieber, als zu ihr gehen und sie vor allen Augen küssen. Aber irgendetwas hielt mich noch davon ab. Wir sollten es erst einmal der Familie sagen und dann erst mit unserer Beziehung an die Öffentlichkeit gehen. Aber für mich stand fest, es war nur noch eine Frage der Zeit, bis wir uns dazu bekennen würden. Vorhin war es noch ein ob gewesen, aber nach diesem Abend war die Frage nur noch wann. Ich wollte mit Paula zusammen sein, und zwar ganz offiziell, egal was andere darüber dachten. Wir waren nicht wie Dan oder Steve und ihre Freundinnen. Wir waren einfach nur Paula und Alexander und das war perfekt so.

Paula - Outen oder nicht?

Jodie sah irgendwie genervt aus, sagte aber zunächst nichts, also tat ich es auch nicht.

»Paula, was ist denn heute mit dir los?«, fragte sie mich nach einiger Zeit. Der Abend verlief wohl so gar nicht nach ihrem Geschmack, aber da konnte ich ja nichts für.

»Was soll los sein?«, fragte ich also ebenso genervt zurück. »Ich habe irgendwie einfach keine Lust mehr auf diese Party und möchte einfach nur nach Hause und in mein Bett.«

Ich musste mich schon die ganze Zeit, in der ich mit Jodie allein war, zusammenreißen, um nicht laut zu schreien. Sie fragte mich ständig nach Alexander aus, nachdem wir ihn kurz von Weitem gesehen hatten und sie mich dabei erwischte, wie ich ihm nachsah. Sie wollte unbedingt zu ihm gehen, weil sie ihn so süß fand. Die ganze Zeit, während sie über ihn schwärmte, kochte ich vor Eifersucht. Nun war Michi endlich anderweitig interessiert und dann fing sie an. Am liebsten hätte ich ihr an den Kopf geworfen, sie solle die Finger von meinem Freund lassen, aber das ging natürlich nicht. So wie sie heute drauf war, hatte ich ehrlich gesagt Angst, wie sie auf unser Outing reagieren würde und von daher schwieg ich lieber und nicht nur deswegen, sondern auch, weil Alex es noch geheim halten wollte. Hoffentlich würde er nicht zu lange brauchen, um sich an den Gedanken zu gewöhnen. Ich wollte am liebsten laut heraus schreien: ›Paula und Alex sind ein Paar, egal was ihr davon haltet‹ Aber das ging natürlich nicht.

»Super! Echt ... Michelle wirft sich dem erstbesten Kerl an den Hals und du willst abhauen, statt mir zu helfen, deinem Bruder näher zu kommen. Tolle Freundinnen seid ihr.« Ihre Stimme klang so vorwurfsvoll, als könnte ich etwas dafür, wie der Abend lief. Sie hatte es sich wohl ganz anders erhofft. Als hätte ich mir den Abend nicht auch anders gewünscht. Ich wäre jetzt auch viel lieber mit Alexander irgendwo allein. Aber das konnte ich ihr natürlich so nicht sagen.

»Jo, es tut mir wirklich leid, aber bei uns war den ganzen Tag die Familie im Haus und ich bin kaputt. Wahrscheinlich hätte ich besser gleich zu Hause bleiben sollen«, entschuldigte ich mich bei ihr, auch wenn ich das Gefühl hatte, dass sie sich eher von Michelle, als von mir im Stich gelassen fühlte. Oder vielleicht war sie auch eifersüchtig darauf, weil Michelle und Peter knutschend die Welt um sich herum vergaßen und sie niemanden hatte. So zickig, wie sie sich heute verhielt, würde sich das aber sicherlich auch nicht so schnell ändern. Allein ihr Gesichtsausdruck reichte aus, um alle Jungs in die Flucht zu treiben.

»Warum bist du überhaupt hierher gekommen?«, giftete Jodie mich plötzlich an. »Wenn du sowieso keinen Bock auf mich hast, dann hättest du doch gleich bei deinen Eltern bleiben können. Dann bräuchtest du mich nicht zu ertragen.«

Nun reichte es mir wirklich.

»Das geht jetzt zu weit, Jodie, das muss ich mir echt nicht bieten lassen. Viel Spaß noch, ich wünsche dir viel Erfolg, mit deiner Laune einen Kerl aufzureißen«, wünschte ich ihr sarkastisch. Am liebsten hätte ich noch dazu gesagt, dass Alex etwas Besseres, als sie verdient hätte, aber das ließ ich dann doch lieber und lief stattdessen in Richtung unserer Terrasse davon. Von dieser dämlichen Party hatte ich jedenfalls endgültig die Nase voll.

Der Strandabschnitt unterhalb unseres Hauses war am stärksten besucht und es war gar nicht so leicht, dort durch zu kommen, ohne ständig aufgehalten zu werden. Aber ich grüßte nur alle freundlich, die nach mir riefen und lief weiter. Langsam kam auch immer stärkerer Wind auf und wie ich das Wetter hier in Aptos kannte, würde ein Wolkenbruch diese Party wahrscheinlich sowieso bald beenden. Unwetter waren hier zwar nicht so häufig, aber wenn sie kamen, dann schnell und heftig.

Und wirklich, kaum hatte ich einen Fuß auf die Terrasse gesetzt, öffnete der Himmel auch schon seine Schleusen. Noch ehe ich an der Tür war, wurde ich bis auf die Haut durchnässt. Fluchend versuchte ich, meinen Schlüssel aus der engen Jeanstasche zu bekommen, um die Tür aufschließen zu können, doch durch die Feuchtigkeit schien es noch schwieriger, als sonst zu sein. Endlich hatte ich es geschafft und versuchte zitternd, den Schlüssel ins Schloss zu bekommen. Allerdings bekam ich meine Hände nicht ruhig genug, um es zu treffen. Zum Glück öffnete genau in diesem Moment Alex die Tür von innen und ließ mich herein.

»Komm schnell, ehe du dich noch erkältest«, sagte er besorgt, als er mich nass und zitternd dort stehen sah und zog mich herein. »Du hast ja schon ganz blaue Lippen, schnell raus aus den nassen Sachen. Soll ich dir oben ein heißes Bad einlassen? Lilli schläft schon, Mom ist in ihrem Arbeitszimmer und Dad musste noch einmal in die Klinik. Wir sind also mehr oder weniger allein.«

Wenn Mom in ihrem Arbeitszimmer war, bekam sie kaum etwas mit. Sie hatte das Zimmer extra schallisolieren lassen, als wir noch jünger waren. Wir durften sie dort zwar im Notfall jederzeit stören, aber ansonsten wollte und brauchte sie einfach ihre Ruhe, um ganz in ihre Geschichten eintauchen zu können. Vor allem im Moment, da sie dieses Mal nicht an einem Kinderbuch arbeitete, sondern dabei war, ihren ersten Roman zu überarbeiten. Das war schon seit Jahren ihr großer Traum und nun hatte sie tatsächlich einen Verlag gefunden, der ihn verlegen wollte.

Ich lief schnell in mein Zimmer, um mich auszuziehen, während Alexander ins Badezimmer zwischen unseren Zimmern verschwand. Dabei fing mein Herz wild an zu klopfen, weil ich nicht sicher war, was er nun erwartete. Im Gegensatz zu mir war er schon sexuell erfahren. Wollte er mehr von mir als küssen und betonte deshalb, wir wären allein? Oder wollte er einfach nur nett sein und ich machte mich ganz umsonst verrückt?

Ich wurde immer aufgeregter und war mir absolut nicht sicher, ob ich schon bereit war, mit ihm zu schlafen. Das erste Mal war schließlich etwas ganz Besonderes und ich hatte schon oft davon geträumt, Alexander wäre derjenige, der mir meine Unschuld nehmen würde. Allerdings war in meinem Traum nie das Badezimmer vorgekommen, oder dass unsere Schwester nebenan schlief und Mom in ihrem Arbeitszimmer saß. In meinen Fantasien waren wir immer ganz allein gewesen und es hatte Musik und Kerzenschein gegeben.

Schnell knüllte ich meine nassen Sachen zusammen, um sie gleich in die Schmutzwäsche zu packen, dann überlegte ich, ob ich einfach so wie ich war, ins

Badezimmer gehen sollte, um Alexander zu zeigen, was ich wollte. Aber dann traute ich es mich doch nicht und zog mir lieber meinen Bademantel über, ehe ich hinüber ging. Nicht, dass ich seine Worte noch falsch deutete und ihn nun erschrecken würde. Den Gedanken, ob ich es denn überhaupt schon wollte, verdrängte ich. Wenn Alex soweit war, wollte ich es auch sein.

Als ich ins Bad kam, war die Wanne schon gefüllt. Ich hielt meine Hand hinein und stellte fest, dass das Wasser genau richtig temperiert war. Außerdem hatte er meinen Lieblingsbadezusatz hinein getan, wie ich am Geruch erkannte, nur von ihm war keine Spur mehr zu sehen. Ich streifte meinen Bademantel ab und überlegte, ob ich nun enttäuscht oder froh sein sollte, weil er nicht mehr hier war.

Irgendwie war ich dann aber doch erleichtert. Vor allem, als ich im warmen Wasser bemerkte, wie angespannt ich doch gewesen sein musste, denn es dauerte einige Zeit, bis ich völlig entspannt im Wasser lag. Ich genoss das warme Wasser ausgiebig und dachte die ganze Zeit darüber nach, wie ich mir die Beziehung zu Alexander weiter vorstellen sollte. Ein paar heimliche Küsse reichten mir einfach nicht. Ich wollte mehr von ihm und dabei ging es mir nicht unbedingt nur um Sex, auch wenn das ein Teil der Dinge war, die ich von ihm wollte. Aber vor allem wollte ich mein Leben mit ihm teilen und das natürlich nicht als seine Schwester, sondern als seine Freundin.

Ich stieg erst wieder aus der Wanne, als das Wasser langsam kalt wurde. Eines war mir klar geworden, ich musste mit Alexander reden und dann würden wir hoffentlich einen Weg finden, um unseren Familien und Freunden von unserer Beziehung zu erzählen. Auch wenn mir klar war, dass das ein schwieriger Weg werden würde. Gerade Leute wie Jodie würden es sicher nicht verstehen, aber besser wenige gute Freunde, die zu uns standen, als viele falsche. Lissy würde ganz sicher zu mir stehen und auch Ben würde es sicher verstehen. Immerhin war er trotz allem Alexanders bester Freund. Zudem würden wir Catherine so die Möglichkeit nehmen, uns irgendwo anzuschwärzen. Wenn wir unsere Beziehung selbst offenbaren würden, könnte sie uns nicht mehr damit erpressen.

Ich zog mir schnell frische Klamotten an und machte mich dann auf den Weg zu Alexanders Zimmer. Doch gerade, als ich anklopfen wollte, rief meine Mutter nach mir.

»Paula! Telefon!«

»Danke, Mom. Ich nehme es unten im Wohnzimmer an«, rief ich zurück und wechselte die Richtung. Wer mich jetzt wohl anrief? Noch dazu auf dem Telefon meiner Eltern. Meine Freunde riefen mich eigentlich immer auf dem Handy an.

»Paula Baker?«, meldete ich mich mit fragender Stimme.

»Vergiss deine Pläne lieber ganz schnell. Melissa wird hier niemals einziehen!«, hörte ich Catherines zornige Stimme.

»Irina bekommt das Zimmer und die Rechnung für den Schlüsseldienst, lasse ich auch an dich gehen. Der Inhalt deines Tagebuches soll doch nicht an die Öffentlichkeit, oder? Ich kann es auch online stellen, wenn du nicht ganz schnell anfängst, das zu tun, was ich dir sage!«

Scheiße!

Was sollte ich jetzt nur tun? Bevor ich nicht mit Alex geredet hatte, konnte ich ihr nicht so einfach widersprechen. Ich wollte unsere Beziehung zwar nicht verstecken, aber online wollte ich mein Tagebuch nun wirklich nicht sehen. Zum Glück legte Catherine einfach auf, ohne auf eine Antwort von mir zu warten. Ob Irina wohl schon am Einziehen war? Ich beschloss, zuerst mit Lissy zu telefonieren, um zu sehen, ob sie etwas wusste und dann würde ich mit Alexander reden.

Paula - Aussprache

Ich wählte Lissys Nummer und sie meldete sich schon nach dem zweiten Klingeln.

»Paula, ich freue mich sehr über deinen Anruf. Wie ist es mit Alexander gelaufen? Du musst mir einfach alles erzählen.«

Das tat ich auch, Lissy wollte jedes noch so kleine Detail wissen und fragte immer wieder nach. Es tat so gut, mir endlich alles von der Seele reden zu können. Als ich ihr von Catherines Anruf und deren Drohung erzählte, flippte sie fast aus.

»Ich gehe gleich rüber und sehe nach, ob sie wirklich die Tür aufgebrochen hat«, versprach sie mir.

»Danke, Lissy. Ich wüsste gar nicht, was ich ohne dich tun sollte.«

»Ich rufe dich gleich zurück«, versprach sie mir und legte auf. Ihr Onkel sah es nicht gern, wenn sie mit dem Handy am Ohr durch die Gegend lief und gerade jetzt wollte sie wohl keine Zeit mit einer sinnlosen Diskussion verschwenden. Wenn es nach ihm ginge, hätte sie wahrscheinlich nicht einmal eins.

Während ich auf das Klingeln meines Telefons wartete, lief ich nervös im Zimmer auf und ab. Konnte Catherine wirklich so dreist sein, mit einem Schlüsseldienst die Tür öffnen zu lassen, um Irina dann das Zimmer zu geben? Wenn ja, war dieser Frau wirklich nicht mehr zu helfen.

Gefühlte vier Stunden später, in Wirklichkeit waren es gerade einmal vier Minuten gewesen, klingelte mein Telefon endlich.

»Und?«, fragte ich ohne Begrüßung.

»Ich kann nichts feststellen, die Tür ist abgeschlossen und alles sieht aus wie vorgestern. Catherine scheint entweder nicht da zu sein, oder sie ist in ihrem Zimmer sehr ruhig. Es ist weder aus ihrem noch aus Bens Zimmer etwas zu hören, ich habe jetzt aber auch nicht nach ihr gerufen oder an ihre Tür geklopft«, erklärte Lissy.

»Das brauchst du auch nicht«, antwortete ich ehrlich erleichtert. Vielleicht war ja alles nur ein Bluff von Catherine gewesen? Auf jeden Fall konnte ich nun etwas entspannter an das Gespräch mit Alex herangehen, als wenn sie wirklich die Tür aufgebrochen hätte.

»Ich gehe dann wieder hinüber. Meinem Onkel habe ich erklärt, ich hätte ganz vergessen, die Blumen zu gießen und wenn ich zu lange hier bleibe, dann wird er misstrauisch. Sprich du jetzt mit Alexander und vielleicht können wir dann heute Abend noch einmal reden, Süße«, verabschiedete Lissy sich und nachdem ich mich noch einmal bei ihr für ihre Mühen bedankt hatte, legte ich auf. Eine Freundin wie sie war wirklich nicht mit Gold aufzuwiegen. Egal was war, ich konnte mich immer auf sie verlassen.

Als das erledigt war, wollte ich nun zu Alex gehen. Ich öffnete meine Zimmertür und erschrak mich furchtbar, als der schon vor meiner Tür stand.

»Paula, ich …«

»Alexander, wir …«, sagten wir gleichzeitig.

»Du zuerst«, sagte Alex und grinste dabei unwiderstehlich süß.

»Ich wollte eigentlich gerade zu dir«, antwortete ich und musste dabei lachen. »Können wir reden?«

»Genau aus diesem Grund bin ich hier«, antwortete Alexander und lächelte mich an. Das beruhigte mich etwas, wenn es etwas Schlimmes wäre, wäre er doch ernster, oder?

Wir schlossen die Tür, damit uns niemand hören konnte, und setzten uns auf mein Bett. Mit einem Mal fragte ich mich, wie ich anfangen sollte und so ließ ich Alexander den Vortritt.

»Fang du besser an, bei mir dauert es länger.«

»Mir ist auf der Party klar geworden, wie Recht du hast. Eine heimliche Beziehung ist furchtbar und ich will …« Mit einem Mal wurde mir übel. Wollte Alexander hier und jetzt schon alles beenden? Hatte ich ihn zu sehr gedrängt? Vielleicht wäre es besser, ihm nicht von Catherines Anruf zu erzählen … Diese und tausend andere Gedanken gingen mir durch den Kopf, während ich gegen die aufsteigenden Tränen ankämpfte. Jetzt nur nicht losheulen! Was er genau sagte, bekam ich gar nicht mehr richtig mit.

»Paula, hörst du mir überhaupt zu?«, holte Alex mich in die Wirklichkeit zurück.

»Entschuldige bitte, ich war gerade abgelenkt«, erklärte ich und blinzelte eine Träne weg, die sich nicht unterdrücken ließ.

»Was hattest du gesagt?«

Alexander beugte sich ganz dicht zu mir und hauchte mir einen Kuss auf die Nasenspitze.

»Also noch einmal, aber nun hör mir bitte auch zu, ohne Panik zu bekommen. Ich liebe dich und will kein Geheimnis mehr daraus machen«, sagte er ganz sanft. »Das ist doch kein Grund zum Weinen, Paula. Lass uns zu Mom gehen und ihr alles erzählen. Oder hast du Angst, sie könnte uns lynchen?«

Nun platzte alles aus mir heraus. Ich erzählte ihm von meinen Ängsten und auch von Catherine und ihren erneuten Drohungen. Alex hielt mich ganz fest und küsste mir die Tränen weg, die ich nun wirklich nicht mehr zurückhalten konnte, wenn sie auch diesmal vor Erleichterung kamen. Er wollte zu mir stehen und gemeinsam würden wir schon alle Hindernisse, die uns in den Weg gelegt werden würden, beseitigen können.

Erst zehn Minuten später hatte ich mich soweit beruhigt, und war nun endlich bereit, mit Alex zusammen zu Mom zu gehen. Wenn ich ehrlich war, musste ich ja zugeben, dass die Angst vor ihrer Reaktion doch groß war. Schließlich war unsere Situation alles andere als normal. Aber Alexander hielt meine Hand ganz fest und ehe wir an ihre Bürotür klopften, küsste er mich noch einmal zärtlich.

»Sie wird uns nicht die Köpfe abreißen«, erklärte er mit Überzeugung. Dann griff er wieder nach meiner Hand und klopfte mit der anderen laut an die Tür.

Mom kam selbst zur Tür und öffnete uns.

»Hallo ihr zwei, kommt doch rein«, begrüßte sie uns und ließ unsere miteinander verbundenen Hände völlig unkommentiert, obwohl sie sie gesehen haben musste. »Eure Party ist wohl ins Wasser gefallen, so was Ärgerliches.« Sie ging zu der gemütlichen Sitzecke, die sie sich, in einem der Erker, eingerichtet hatte, und stellte drei Becher und ihre Teekanne auf das Tischchen.

Alexander und ich blieben mitten im Raum stehen und wussten wohl beide nicht so recht, wie wir anfangen sollten.

»Mom, ich … wir …«, stotterte ich mir zurecht.

»Ihr wollt mit mir reden, nehme ich an. Sonst wärt ihr ja nicht hier in mein Zimmer gekommen. Also setzt euch erst einmal«, sagte sie und wies auf die kleinen gemütlichen Sofas. »Nun kommt, Kinder«, fuhr sie lächelnd fort, als Alexander und ich uns nicht von der Stelle rührten. »Ich reiße euch sicher nicht den Kopf ab, weil ihr euch ineinander verliebt habt. Das habe ich mir übrigens schon seit eurer Ankunft gedacht, schließlich kenne ich euch schon ein paar Jahre und eure Hände sprechen sowieso Bände.«

Ich ließ Alexanders Hand los und fiel Mom um den Hals. Mit allen möglichen Reaktionen hatte ich gerechnet, aber sicher nicht damit. Beinahe hätte ich vor Erleichterung schon wieder angefangen zu weinen. Was war ich heute nur für eine Heulsuse? Auch Alexander war nun zu uns gekommen und umarmte Mom und mich. So standen wir bestimmt eine Minute einfach nur da.

»Reden sollten wir aber trotzdem«, sagte Mom, als wir uns voneinander lösten. »Setzt euch und lasst uns einen Tee trinken.«

»Weiß Dad es auch schon?«, fragte Alexander und sah besorgt aus. Mom schüttelte den Kopf.

»Ich glaube nicht. Ich jedenfalls habe ihm nichts gesagt, also ist er wahrscheinlich völlig ahnungslos.« Sie lachte leise. »Im Moment hat er im Krankenhaus so viel um die Ohren. Doktor Smith wird wohl länger ausfallen und bisher haben sie keinen Ersatz gefunden, deshalb muss er im Moment ständig Überstunden machen. Ich wollte es ihm nicht sagen, ehe ich mir ganz sicher sein konnte.«

»Meinst du, er wird es akzeptieren?«, bohrte Alexander nach und griff wieder nach meiner Hand. »Ich würde es mir zwar sowieso nicht von ihm verbieten lassen, aber es wäre natürlich schöner, wenn er damit klar käme.«

Mom überlegte und allein das zeigte mir, dass Dad wahrscheinlich nicht so gut wie sie reagieren würde. Aber daran würden wir uns wohl gewöhnen müssen. Die meisten Leute würden unsere Beziehung komisch oder gar krank finden. Schließlich dachten alle, wir wären leibliche Geschwister. Die Familie hatte das nie groß zum Thema gemacht und so würden wir wohl öfter auf Unverständnis stoßen. Aber Alexander war es wert, gegen solche Widerstände zu kämpfen.

»Wir werden es Dad auf jeden Fall morgen sagen«, erklärte ich. »Ich möchte es ihm nicht verschweigen, das würde er uns übel nehmen. Also müssen wir es ihm vor der Abreise sagen.«

Alexander nickte zustimmend.

»Das machen wir auf jeden Fall. Außerdem müssen wir mit Onkel Landon reden. Er muss uns helfen, Catherine aus der Wohnung zu bekommen«, bekräftigte er mich.

Nun wollte Mom natürlich wissen, was genau bei uns los war und sie war entsetzt, als sie von der Erpressung erfuhr.

»Wie kann ein Mensch nur so sein?«, entfuhr es ihr, als wir ihr die ganze Geschichte erzählt hatten.

»Es ist richtig, sie nicht damit durchkommen zu lassen. Erpressern darf man niemals nachgeben!«

»Wer wird von wem erpresst? Und womit?«, fragte auf einmal Dad von der Tür her. Wo war der denn auf einmal her gekommen. Nun blieb uns natürlich nichts anderes übrig, als auch ihm alles zu erzählen. Alexander und ich redeten abwechselnd und hielten uns dabei die ganze

Zeit an den Händen. Dad stand einfach nur da und sagte gar nichts, sondern hörte nur zu, ohne uns auch nur einmal zu unterbrechen oder nachzufragen.

»... und deshalb brauchen wir Landon als Anwalt«, schloss Alexander gerade den Bericht. Nun warteten wir gespannt auf eine Reaktion von Dad, aber der blieb einfach reglos stehen und sagte erst einmal weiterhin nichts. War das die Ruhe vor dem Sturm? Oder würde er es genauso gut aufnehmen wie Mom?

Alexander - Reaktionen

Wir hatten Dad alles erzählt und nun stand er dort und sah uns nur an, ohne ein Wort zu sagen. Je länger er uns so ansah, umso nervöser wurde ich. Irgendwann hielt ich das Schweigen nicht mehr aus. Ich spürte, wie Paulas Hand zitterte und wollte sie unbedingt beruhigen, obwohl ich selbst innerlich auch alles andere als ruhig war ...

»Dad? Warum sagst du nichts?« Langsam bekam ich Angst, er könnte einen Schock haben oder gleich einen Herzinfarkt bekommen.

»Sebastian, würdest du bitte aufhören, den Kindern Angst zu machen und ihnen sagen, dass alles in Ordnung ist?«, mischte Mom sich nun ein.

Und nun zeigte er endlich eine Reaktion.

»In Ordnung?«, fragte er mit zitternder Stimme. Er wurde erst leichenblass, dann lief er rot an. So hatte ich ihn noch nie gesehen.

»Ja, es ist alles in Ordnung. Die beiden sind doch nicht blutsverwandt und man kann sich ja nicht aussuchen, in wen man sich verliebt«, erklärte Mom mit fester Stimme.

Dad sah sie an und schien Paula und mich völlig auszublenden, er redete nur mit ihr und schien sehr aufgebracht zu sein.

»Sie sind als Geschwister aufgewachsen und nun lieben sie sich? Das ist doch nicht normal!«

Dad drehte sich nun zu uns und funkelte mich böse an.

»Paula hat vielleicht ihre Kleinmädchenträume nicht im Griff. Das ist das eine, aber du bist älter als sie und solltest vernünftiger sein. Ich verstehe euch wirklich nicht. Soll das ein blöder Scherz sein? Was sollen denn die Leute von uns denken? Ist unser Ruf euch völlig egal? Ihr werdet die Klinik ruinieren!«, schrie er mich an und ich merkte, wie auch in mir nun langsam die Wut hochkochte. Ich hatte zwar geahnt, dass er nicht so gut wie Mom reagieren würde aber damit hatte ich nicht gerechnet.

Ich wollte gerade zurück schreien, er würde sich daran gewöhnen müssen, aber Paula kam mir zuvor, auch wenn ihre Stimme leicht zitterte.

»Dad, es tut mir leid, wenn du enttäuscht von uns bist. Aber ich verstehe wirklich nicht, warum es so ist.«

Ich sah, wie erste Tränen über ihr Gesicht liefen und wollte mich nun einmischen, aber sie legte mir die Hand auf den Arm und bedeutete mir damit, dass ich sie ausreden lassen sollte.

»Wir machen nichts Verbotenes, wir sind ehrlich und das einzige, was du uns vorwerfen kannst, sind unsere Gefühle. Und für die können wir nichts.«

Nun wollte Dad sie unterbrechen, aber das ließ Mom nicht zu, sie fauchte ihn fast an, er soll Paula gefälligst bis zum Ende zuhören.

»Ich habe über drei Jahre lang versucht, diese Gefühle für Alexander zu verdrängen. Aber es hat einfach nicht funktioniert. Leider gibt es keinen Ausschalter für die Liebe.« Sie warf mir einen entschuldigenden Blick zu, dabei verstand ich genau, was sie damit meinte. Ich drückte kurz ihre Hand, um ihr zu zeigen, dass alles in Ordnung war. »Ihr habt uns beigebracht, auf unsere Gefühle zu hören und ehrlich zu sein, und nun tun wir es und jetzt ist es falsch? Wenn du das denkst, dann willst du wahrscheinlich auch, dass wir auf Catherines Erpressung eingehen, damit dein Ruf nicht ruiniert wird?« Paula weinte heftiger, als sie geendet hatte und ich nahm sie fest in den Arm, um sie zu trösten. Sollte Dad doch darüber denken, was er wollte.

Es war viel Zeit nötig gewesen, um meinem Vater wirklich voll und ganz vertrauen zu können. In meiner frühen Kindheit war er nicht für mich da gewesen, das änderte sich erst, als Mom in sein Leben trat. Da wurde er endlich zu dem Vater, den ich mir immer gewünscht hatte. Aber in mir war immer die Angst gewesen, er könnte mich wieder im Stich lassen und als Teenager hatte ich alles getan, um ihn soweit zu bringen. Da war er trotz allem immer für mich da gewesen. Sollte das nun anders sein? War ihm die Klinik wirklich wichtiger als wir?

Ich war irgendwie wie betäubt. Ich wusste einfach nicht mehr, was ich denken und fühlen sollte. Einerseits wollte ich Paula trösten, die ja auch schon ihren leiblichen Vater verloren hatte. In all den Jahren hatte er sich nicht einmal bei ihr gemeldet. Und Dad war für sie immer so wichtig gewesen, sollte sie ihn nun auch noch verlieren, nur weil sie sich in mich verlieben musste?

Ich sah Mom zu, die Dad etwas zur Seite zog und leise auf ihn einredete. Auch wenn ich versuchte, sie zu belauschen, verstand ich doch kein Wort. Plötzlich drehte Dad sich zu mir um.

»Du musst dich entscheiden, entweder du bleibst mit Paula zusammen oder …«

»Alex!«, rief Paula plötzlich laut und fröhlich.

»Alexander, du Schlafmütze. Du musst aufstehen, sonst können wir nicht mehr zusammen frühstücken, ehe wir zum Flughafen müssen.« Jemand rüttelte an meiner Schulter. Frühstück? Flughafen? Wovon redete sie da? Ich schlug die Augen auf und war im ersten Moment völlig verwirrt. Paula, die auf dem Rand meines Bettes saß, beugte sich zu mir und hauchte mir einen Kuss auf den Mund.

»Na, endlich wach?«, fragte sie dann. Ich schüttelte den Kopf. »Noch nicht so richtig«, gab ich zu.

So realistisch hatte ich noch nie geträumt. Zum Glück war gestern Abend alles ganz anders abgelaufen. Dankbar erinnerte ich mich zurück.

Dad ließ uns nicht im Stich, obwohl ich es zuerst befürchtete, als er plötzlich im Zimmer stand. Mit Moms Hilfe erzählten wir ihm alles ganz in Ruhe. Er sah zwar nicht wirklich glücklich aus, akzeptierte es aber.

»Gegen Liebe kann man nichts machen«, sagte er und küsste Mom. Danach war eher Catherine das Thema und Dad bat Landon noch telefonisch, am Morgen vor unserer Abreise hierher zu kommen, weil wir seine Hilfe brauchten. Paula fiel Mom und Dad immer wieder um den Hals. Wir waren beide froh, aber ich konnte es nicht so gut zeigen wie Paula.

»Alex?«, fragte Paula und holte mich damit wieder in die Gegenwart zurück. »Ist alles in Ordnung mit dir? Du bist so abwesend.« Ich beugte mich schnell zu ihr hinüber und küsste sie erst einmal richtig. So ein gehauchtes Küsschen reichte mir einfach nicht und nun brauchten wir uns ja nicht mehr verstecken.

»Ihhhhhhhhhh! Was macht ihr denn da?«, rief Lilli auf einmal. Irgendwie musste ich sehr unaufmerksam sein in letzter Zeit. Schon wieder hatte ich nicht mitbekommen, wie sich die Tür öffnete. Zum Glück waren wir bald wieder in New York, dort würde wohl nicht ständig jemand in unseren Zimmern stehen und selbst wenn Lissy uns sah, wäre es mir wahrscheinlich völlig egal. Nur Catherine mussten wir endlich loswerden.

»Ich küsse Paula, willst du auch einen Kuss?«, neckte ich sie. Lilli war gerade in einer Phase, in der Küsse eklig und peinlich waren.

»Igitt, nein!«, rief sie auch prompt und lief aus dem Zimmer. Lachend sahen Paula und ich ihr nach, dann küsste ich Paula noch einmal, ehe ich endgültig das Bett verließ.

»Ich gehe noch schnell duschen, dann komme ich runter. Sagst du Mom Bescheid?«, bat ich Paula, und sie versprach, es auszurichten.

Als ich zehn Minuten später die Küche betrat, waren dort nicht nur Mom, Dad, Paula und Lilli, sondern auch Lizzy, Landon und die drei D's saßen mit am Esstisch. Den Jungs fielen fast die Augen aus dem Kopf, da Lilli gerade von unserem Kuss erzählte.

Danny fing sich zuerst wieder.

»Du küsst deine Schwester?«, fragte er mich entsetzt. »So richtig? Mit Zunge? Ist das nicht verboten?« Bei den Adoptionen war Danny noch ein Baby gewesen und die Blutsverwandtschaft war eigentlich nie ein Thema gewesen bei uns. Er wusste also wahrscheinlich wirklich nicht Bescheid. Natürlich war es nie ein Geheimnis gewesen, aber es wurde trotzdem nicht oft thematisiert, weil wir uns immer als Familie gefühlt hatten.

»Ich küsse Paula, weil ich sie liebe und wir sind ja auch nicht wirklich Geschwister«, erklärte ich kurz und knapp.

»Darf ich sie dann auch küssen?«, fragte Dave. »Ich liebe sie nämlich auch.« Damit war das Eis gebrochen und alle lachten. Weder für Landon und Lizzy, noch für unsere Cousins schien es ein Problem zu sein, dass Paula und ich nun ein Paar waren. Es wurde einfach so hingenommen, ohne große Nachfragen. Eigentlich wunderte es mich, aber vielleicht würde das später noch kommen, wenn die Kinder nicht dabei waren.

Nach dem Frühstück gingen Dad, Landon, Paula und ich in Dads Arbeitszimmer.
»Und was kann ich nun für euch tun?«, fragte Landon nach. »Noch mehr Kündigungen schreiben? Oder gibt es sonst noch ein Problem? Wegen eurer Beziehung braucht ihr jedenfalls keinen Anwalt, ihr seid beide über achtzehn und nicht blutsverwandt.«

Paula und ich erzählten abwechselnd von unseren Problemen mit Catherine und der Erpressung. Mit jedem Wort, das wir sagten, sah Landon wütender aus.

»Und so jemand möchte Jura studieren? Diese Catherine sollte sich erst einmal selbst an Gesetze halten. Ich werde euch jetzt ein Schreiben aufsetzen mit einer Frist bis nächsten Freitag. Hat sie die Wohnung bis dahin nicht verlassen, werdet ihr sie wegen versuchter Erpressung anzeigen und ihr macht ihr am besten klar, wie schlecht eine Vorstrafe für eine Jurastudentin sein könnte. Keine Kanzlei würde ihr auch nur ein Praktikum anbieten.«

Landon setzte sich gleich an Dads Computer und machte das Schreiben fertig. Ich war wirklich glücklich über unsere tolle Familie. Sie waren alle für uns da, egal was da kam.

Als wir uns zwei Stunden später am Flughafen verabschiedeten war ich frohen Mutes. Unsere Familie akzeptierte unsere Beziehung und mit Catherine würden wir auch fertig werden.

Paula - Zeit zu zweit

Ich träumte gerade so schön, als Alex mich weckte. »Paula. Paula wach auf, du musst dich anschnallen«, nervte er mich. »Komm schon, süße Schlafmütze. Wir landen gleich.« Ich grummelte etwas vor mich hin und ließ die Augen noch etwas geschlossen. Ich war noch so müde und sicher war noch kurz Zeit, um wach zu werden.

»Versuche es doch mit wachküssen«, witzelte der junge Mann, der auf den dritten Platz in unserer Reihe saß. Fast automatisch musste ich an den Hinflug denken und wie gern ich Alexander da geküsst hätte, mich aber nicht traute. Aber Alex machte keine Anstalten mich zu küssen, also beugte ich mich blitzschnell zu ihm herüber und übernahm diesen Job. Erst guckte er ganz verdutzt, was mich zum Grinsen brachte, dann lächelte auch er mich ganz lieb an.

»Das wollte ich schon auf den Hinflug am liebsten tun, flüsterte ich ihm zu.

»Trau dich, wann immer du willst«, flüsterte er zurück und ich bekam dafür noch einen Kuss, ehe wir uns beide richtig hinsetzten und ich den Gurt schloss. So könnte ich wirklich öfter geweckt werden. Es war so herrlich entspannend, weil uns hier niemand kannte und von unserer Familiengeschichte wusste. Alle hielten uns einfach für ein frisch verliebtes Paar und so konnten wir uns auch genau so verhalten, ohne mit negativen Reaktionen rechnen zu müssen.

Unsere Familie hatte unsere Beziehung zwar überraschend gut aufgenommen, aber gerade Dad war nicht wirklich begeistert und dadurch fühlte ich mich unwohl, wenn ich Alexander in seiner Nähe küsste. Trotzdem war es erleichternd, nun keine Geheimnisse mehr vor der Familie haben zu müssen. Schließlich hatte ich sehr lange über meine Gefühle geschwiegen. Die Reaktion von Lilli und den drei D's war ja zum Glück harmlos gewesen und Onkel Landon reagierte fast so gut wie Mom.

Nur Lizzy hatte mich, kurz bevor wir das Haus verlassen konnten, noch einmal zur Seite genommen.

»Ich weiß nicht, was ich davon halten soll, Paula«, sagte sie. »Freuen kann ich mich nicht wirklich darüber, aber ich sehe, dass ihr euch liebt und deshalb werde ich es akzeptieren. Aber sei dir darüber im Klaren, wie viele Schwierigkeiten euch begegnen werden. Ich hoffe, eure Liebe wird es aushalten, wenn ihr plötzlich Gegenwind bekommt. Ich möchte nicht, dass diese Familie darunter leidet, wenn eure Beziehung irgendwann in die Brüche gehen sollte. Eure Eltern haben schon genug durch gemacht und haben das nicht verdient. Also reißt euch bitte zusammen.«

Ihre Worte machten mich nachdenklich. Natürlich wollte ich nicht den Frieden in der Familie stören, aber das hatten wir auch nicht vor. Unsere Liebe reichte aus, um die Hindernisse, die sicher auf uns zukamen, zu überwinden. Ich rechnete mit einigen, die uns in den Weg gelegt werden könnten. Böse oder ungläubige Blicke, blöde Sprüche und auch Anfeindungen könnten uns treffen. Aber die Hauptsache war, wir waren zusammen und liebten uns. Alles andere würden wir schon schaffen. Ich selbst war fest davon überzeugt und die Menschen in unserer Umgebung müssten es einfach akzeptieren, denn ändern könnten sie es nicht.

Das Flugzeug setzte auf und wir waren mit die Ersten, die aussteigen durften. Da wir nur unser Handgepäck hatten, gingen wir gleich zum Taxistand am Ausgang und schon eine halbe Stunde später waren wir endlich wieder zu Hause. Catherine war zum Glück nicht da, als wir die Wohnung betraten und mit Lissy war ich für morgen früh vor der ersten Vorlesung verabredet. Sie war bis dahin noch bei ihrer Familie.

»Endlich mal allein«, strahlte Alex und ich konnte ihm nur zustimmen. Seitdem ich ihm meine Gefühle gestanden hatte, waren wir nur wenige Augenblicke allein gewesen. Leider bestand hier jetzt auch die Gefahr, gestört zu werden. Catherine könnte jeden Moment die Wohnung betreten.

»Lass uns in mein Zimmer gehen«, schlug er. »Dort sind wir ungestört, falls Catherine kommt.« Konnte er Gedanken lesen? Auch ich hatte die Hoffnung, dort nicht von ihr überrascht zu werden.

Wobei die Angst wohl immer da wäre bei ihr. Sie war einfach unberechenbar. Allerdings hatte sie noch keinen Grund, einfach in Alex Zimmer zu kommen. Das amtliche Schreiben von Landon mit der fristlosen Kündigung und der Räumungsaufforderung für ihr Zimmer, würde ihr erst morgen zugestellt werden. Bis dahin hätten wir wahrscheinlich Ruhe, weil sie dachte, dass ihre Erpressung erfolgreich war und ich ihre Forderungen erfüllte.

Meine Angst vor ihrer Reaktion war groß. Wie würde sie reagieren, wenn ihr Plan nicht aufging? Zum Glück würden aber Mom und Landon am Freitag nach New York kommen und uns beistehen, falls Catherine nicht aufgeben würde. Die ganze Familie war sich darüber einig gewesen, dass wir diese Frau schnellstmöglich loswerden müssten und mit ihrer Unterstützung war das alles leichter zu schaffen.

»Wollen wir uns etwas zu Essen bestellen und einen Film ansehen?«, fragte Alexander mich und ich stimmte zu. Wir entschieden uns für indisches Essen und vierzig Minuten später lag ich restlos vollgefressen auf seinem Bett. Die X-Men waren gerade dabei, die Welt zu retten, als Alexander nach meinem Fuß griff und anfing, meine Füße zu massieren.

Ich schnurrte fast, so schön war das Gefühl und Alex lachte leise, als ich mich auf die Seite drehte, damit er besser an meinen Fuß heran kam.

»Du rekelst dich wie Happy«, neckte er mich. Und sofort war die Entspannung etwas dahin, weil ich ein schlechtes Gewissen bekam. Um meine Katzen hatte ich mich bei unserem Besuch kaum gekümmert, wobei die beiden sowieso die meiste Zeit schliefen. Man merkte ihnen ihr Alter langsam wirklich an, aber auch sonst war mein Kopf voll mit anderen Dingen, als mit meinen Tieren gewesen.

»Hey, nicht traurig sein«, kommentierte er meinen Stimmungsumschwung sofort. Es war wirklich erstaunlich, wie einfühlsam er immer war.

»Lucky und Happy sind zwar alt, aber noch fit und sie haben bestimmt noch viele schöne Jahre.« Eigentlich wollte ich darauf antworten, doch genau in diesem Moment schob Alex mein Shirt etwas hoch und hauchte mir einen Kuss auf die Hüfte direkt über den Hosenbund. »Keine negativen Gedanken heute«, flüsterte er leise und schob mein Shirt noch etwas höher. Er küsste jeden Zentimeter Haut, den er freilegte, stoppte aber direkt unter meiner Brust, um mich zu fragen, ob das in Ordnung war, was er tat. »Ich will dich zu nichts drängen, Paula. Aber ich will dich! Wir können aber natürlich jederzeit aufhören«, flüsterte er.

»Ich will ja gar nicht, dass du aufhörst«, antwortete ich etwas atemlos. Alexanders Küsse lösten Gefühle in mir aus, die ich noch nie gehabt hatte und aufhören war das Letzte, das ich wollte.

Es dauerte nicht lange, bis ich nur noch meinen Slip trug. Alexander hatte schon fast meinen gesamten Körper erkundet und meine Reaktionen auf sein Streicheln und seine Küsse ganz genau beobachtet. Ich war gleichzeitig etwas ängstlich und freudig erregt und wartete aufgeregt auf den Moment, indem Alexander dieses letzte Stückchen Stoff entfernen würde. Sein Plan sah aber wohl anders aus, denn statt mich nun endgültig auszuziehen, stand er erst einmal auf und zog sich selbst bis auf die Boxershorts aus. Ich konnte durch den dünnen Stoff genau sehen, wie erregt er war.

Ich hatte Alexander natürlich schon öfter in Badehose gesehen, aber trotzdem raubte mir der Anblick von seinem Körper fast den Atem. Seine Erektion war nicht das einzig Heiße an ihm. Beim Anblick seiner gut definierten Bauchmuskeln zog sich alles in mir zusammen.

»Gleiches Recht für alle«, sagte er, als er wieder aufs Bett kletterte. »Bei deinem Anblick ist mir ganz heiß geworden.«

»Mir bei deinem auch«, flüsterte ich aufgeregt.

Alex legte sich wieder zu mir und streichelte sanft über meine Seite.

»Du musst keine Angst haben, Paula. Wir müssen es heute nicht tun, du bestimmst das Tempo hier. Du möchtest bestimmt noch erst meinen und auch deinen Körper kennenlernen.«

Und das taten wir auch ausgiebig in der nächsten Stunde. Mit unseren Händen und Mündern erforschten wir unsere Körper, ehe wir irgendwann nackt und glücklich nebeneinander einschliefen. Alexander dachte gerade noch daran, den Wecker zu stellen, ehe uns die Augen zufielen. Ich hatte nicht gewusst, wie entspannt man nach drei Orgasmen sein konnte, denn ich hatte noch nie mehr als einen gehabt bis heute. Aber Alexander verwöhnte mich immer weiter. Seine Zunge war einfach unglaublich. Obwohl wir den letzten Schritt dann doch noch nicht wagten, hoffte ich, dass auch Alexander befriedigt war. Zumindest gab ich mir alle Mühe, mich zu revanchieren.

Morgens um sieben Uhr klingelte Alexanders Wecker. In seinen Armen aufzuwachen war genau so schön, wie darin einzuschlafen. Er hielt mich noch immer ganz fest und machte keine Anstalten, mich loszulassen, während sein bestes Stück schon wieder hart an meinem Po lag. Am liebsten hätte ich da weiter gemacht, wo wir am Abend aufgehört hatten. Aber leider blieb uns dazu keine Zeit. Ich musste unbedingt duschen und mich für die Uni fertig machen und auch Alexander musste heute Morgen zu einem für ihn sehr wichtigen Seminar.

Im Flur hörte ich schon Lissy leise nach mir rufen. Ich befreite mich aus Alexanders Armen und küsste ihn noch einmal, bis er endlich wach war, ehe ich aufstand und mir ein Shirt von ihm griff. Unsere Zeit zu zweit war erst einmal vorbei, aber uns würden sicher noch viele weitere Abende und Nächte gehören. Vor allem, wenn Catherine endlich ausgezogen wäre. Lissy würde sicher Rücksicht auf uns nehmen und uns genug Zeit zu zweit lassen.

Alexander - Catherine

Als ich mittags zusammen mit Ben endlich in die Mensa kam, sah ich mich suchend nach Paula um. Eigentlich waren wir verabredet und wollten uns hier zum Essen treffen, aber ich war viel später dran als geplant. Unser Professor hatte uns aufgehalten, um mit mir über mein Praktikum in der Klinik zu sprechen. Der Oberarzt, ein guter Freund von ihm, war sehr zufrieden mit mir gewesen und nun wollte er mir sogar eine Aushilfsstelle anbieten. Leider überschnitt sich die Arbeitszeit mit einigen meiner Seminare und deshalb musste er sich an meinen Professor wenden. Gemeinsam hatten wir nun einen Plan erarbeitet, wie ich Arbeit und Seminare unter einen Hut bekommen könnte.

Es würde mich zwar eine Menge an Zeit und Extraarbeit kosten, aber mit Bens Hilfe, der mir seine Seminaraufzeichnungen zur Verfügung stellen würde und viel gutem Willen, war es möglich. Für mich war das natürlich eine einmalige Chance. Wenn ich mich später irgendwo bewerben würde und zeigen konnte, dass ich schon während des Studiums in so einem renommierten Krankenhaus gearbeitet hatte, würden mir alle Türen offenstehen. Ich musste mich jetzt innerhalb einer Woche entscheiden, aber eigentlich war es für mich jetzt schon völlig klar. Dieses Angebot durfte ich nicht ausschlagen. Das war einfach eine einmalige Chance.

»Da hinten sitzen Lissy und Paula«, sagte Ben und zeigte auf einen Tisch in der Ecke.»Was willst du denn essen? Dann bringe ich es dir mit und du kannst die Neuigkeiten gleich loswerden.« Das Angebot nahm ich nur zu gern an. Ben war wirklich ein echter Freund und ich hoffte sehr darauf, ihn bald wieder als Mitbewohner begrüßen zu dürfen. Wir mussten nur erst Catherine loswerden. Als ich ihm heute Morgen von mir und Paula erzählte, nahm er es ganz locker auf. Allerdings hatte er noch keine Ahnung, was seine Exfreundin schon wieder tat. Ob er ihr wohl eine Erpressung zutraute? Noch hatte sie keine Ahnung von meinen Gefühlen für Paula und ich konnte nicht abschätzen, wie sie reagieren würde.

»Hi Lissy. Hallo Paula«, begrüßte ich die beiden und setzte mich mit zu ihnen an den Tisch. Ich hätte Paula zwar gerne zur Begrüßung geküsst, aber wir wollten an der Uni lieber noch darauf verzichten, bis sich die Leute an unsere Beziehung gewöhnt hätten. Vor allem wegen Paulas Angst vor negativen Reaktionen und ihr zuliebe verzichtete ich gern darauf. Sie könnte wahrscheinlich alles von mir verlangen und ich würde es mit Freuden tun. In ihrer Gegenwart war ich eher ein verliebter Teenager als ein angehender Psychologe. Gut, dass mein Professor das nicht ahnte.

Ich erzählte ihnen gerade von dem Angebot der Klinik, als plötzlich Catherine neben mir stand.

»Ihr wollt Krieg?«, schrie sie regelrecht. Alle, die in der Nähe saßen, sahen sich gleich neugierig nach uns um.

»Ihr könnt ihn haben! Mich werdet ihr so schnell nicht los! Das ist MEINE Wohnung! Ihr seid doch krank im Kopf. Es ist Inzest, was ihr da macht.« Ihre Stimme überschlug sich regelrecht und als sie sagte, es wäre ihre Wohnung, klang sie wie eine Verrückte.

»Catherine, spinnst du?«, zischte Lissy, während Paula sie einfach nur geschockt anstarrte und es in der Mensa plötzlich ganz ruhig wurde. Und ich? Irgendwie sah ich der Situation zuerst einmal, wie ein Unbeteiligter, einfach nur zu. So hatte ich mir unser Outing zwar nicht vorgestellt, aber nun ließ es sich nicht mehr ändern und wir mussten das Beste aus dieser Situation machen. Vielleicht war es sogar besser so? Wenn alle Bescheid wüssten, dann müssten wir uns nicht mehr verstecken. Ich straffte die Schultern und sah Catherine böse an. Ihre Anschuldigungen durften nicht einfach so im Raum stehen bleiben.

»Inzest?«, fragte ich daher laut, damit möglichst viele neugierige Ohren mich hören konnten. »Dafür müssten wir wohl blutsverwandt sein.«

»Papperlapapp!«, kreischte Catherine. »Es ist doch völlig egal, ob blutsverwandt oder nicht. Ihr seid Geschwister und deshalb ist es abartig und verboten, was ihr da tut!«

»Wir sind Adoptivgeschwister, aber deshalb ist es uns nicht verboten, uns zu lieben. Also hör endlich auf, uns erpressen zu wollen!« Ich blieb äußerlich ganz ruhig, obwohl ich vor Wut kochte. Aber ich wollte es für Paula, die mittlerweile neben mir stand und sich an Lissys Arm klammerte. Die ganze Situation war auch so schon heikel genug, ohne dass ich Catherine noch mehr provozierte. Auch wenn ich sie am liebsten geschüttelt hätte. Aber das konnte ich nicht wirklich tun, nicht einmal bei Catherine. Gewalt gegen Frauen kam einfach nicht in Frage.

»Das ist mein Zimmer. Ich habe schon als Baby darin gewohnt und nur weil eure Eltern euch alles in den

Arsch schieben, überlasse ich euch diese Wohnung sicher nicht«, keifte Catherine und raufte sich die Haare. Wie sie dastand, herum schrie und sich selbst an den Haaren zog, wirkte sie völlig irre. Wenn sie nicht gerade meine Mitbewohnerin wäre und ich sie ertragen müsste, wäre sie vielleicht ein gutes Anschauungsobjekt für mein Studium gewesen.

Plötzlich wandte sie sich Paula zu und holte aus. Ich wollte Paula gerade zur Hilfe eilen, als Lissy sich ihr in den Weg stellte.

»Überlege dir genau, was du tust. Hier gibt es genug Zeugen, die gegen dich aussagen würden, wenn du Paula etwas tust!« Catherine zögerte kurz und sah sich den Kreis Studenten an, der sich mittlerweile um unsere kleine Gruppe gebildet hatte, dann ließ sie die Hand wieder sinken. Schnell stellte ich mich zwischen die Zwei und griff nach Paula Hand, falls Catherine es sich noch einmal überlegen würde.

»Wenn ihr glaubt, ich überlasse euch die Wohnung kampflos, habt ihr euch getäuscht«, zischte sie uns noch zu, drehte sich um und ging mit hoch erhobenen Kopf durch die Gruppe der Studenten hindurch. Ich sah ihr kopfschüttelnd nach, was stimmte nur mit dieser Frau nicht?

»Alles in Ordnung?«, fragte ich Paula leise. Leider stand immer noch eine ganze Gruppe um uns herum, die uns neugierig beobachtete. Sie nickte, aber so ganz glaubte ich ihr nicht.

»Mir ist der Appetit vergangen, was hältst du davon, wenn wir den Rest des Tages blau machen und hier erst einmal verschwinden?«, fragte ich deshalb.

»Nein, ich lasse mich von Catherine nicht unterkriegen. Lass uns hierbleiben, egal was die Leute von uns denken«, erklärte Paula fest und ich bewunderte sie für ihre Stärke.

Natürlich blieb ich auch und setzte mich zusammen mit den Mädchen wieder an den Tisch.

»Seid ihr wirklich ein Paar? Er ist doch dein Bruder«, fragte ein Junge, den ich nicht kannte, Paula.

»Ja, wir sind ein Paar. Aber wir sind nicht blutsverwandt, sondern nur Adoptivgeschwister. Deshalb tun wir nichts Unrechtes, Luke«, antwortete sie lächelnd, ich erinnerte mich nicht mehr wann, aber irgendwann hatten die Mädchen diesen Namen schon einmal erwähnt. »Ich war drei, als meine Mutter seinen Vater kennengelernt hat«, erklärte Paula leise.

»Willst du in der Unizeitung jetzt in die Klatsch- und Tratschecke wechseln?«, fragte Lissy. »Oder warum fragst du?«

Luke lachte.

»Einmal Reporter, immer Reporter, auch wenn ich jetzt etwas ganz anderes studiere. Aber eigentlich ist das nicht mein Metier. Ich bin einfach nur neugierig. Aber wenn du nur mit mir Essen gehst, wenn ich ein Interview mit dir führe, dann würde ich es glatt tun. Noch lieber würde ich aber einfach so mit dir ausgehen.« Lissy lachte nur.

»Weder mit noch ohne Interview. Sorry, Luke, aber mehr als Freundschaft ist einfach nicht drin, aber setz dich doch zu uns.«

Luke lehnte ab, weil er zur nächsten Vorlesung musste und auch für die Mädchen wurde es Zeit. Durch das Geplänkel mit ihm, hatte sich die Gruppe um uns langsam aufgelöst. Aber vielleicht mussten die Anderen auch nur los.

»Wir sehen uns später«, sagte ich leise zu Paula und sie lächelte mich lieb an, ehe sie mir schnell einen Kuss auf den Mund drückte.

»Jetzt weiß es ja sowieso schon jeder«, meinte sie augenzwinkernd. Lachend sah ich ihr nach, wie sie mit Lissy und Luke davon ging. Einige Leute sahen uns immer noch komisch an, aber mit der Zeit würden sie sich schon an unsere Beziehung gewöhnen und solange wir uns und unsere Freunde hatten, konnte uns das nicht stören.

Die Hauptsache war, Catherine endlich irgendwie loszuwerden. Ehe sie noch völlig ausrasten würde. Nach ihrem Auftritt gerade, traute ich ihr einiges zu. Sie musste ein psychisches Problem haben, sonst hätte sie sich nicht vor so vielen Leuten so gehen lassen. Letztes Jahr, als ich sie kennengelernt hatte, war sie völlig anders gewesen. Höflich, freundlich und bis über beide Ohren verliebt in Ben.

Wo war der eigentlich? Erst jetzt fiel mir auf, dass Ben gar nicht mit dem Essen zu uns gekommen war. Ich fragte mich, ob Catherine ihn verschreckt hatte, und sah mich suchend um. Aber ich konnte ihn nirgendwo entdecken. Auch mein bester Freund veränderte sich. Früher wäre er nie einfach so gegangen. Ich verließ die Mensa, ohne etwas gegessen zu haben, und holte mein Handy aus der Tasche, um ihn anzurufen. Aber es ging nur die Mailbox dran. Wo war er nur? Versuchte er, mit Catherine zu reden? Egal wo er war, ich würde es herausfinden, denn er konnte nun wirklich nichts für das

Verhalten seiner Ex-Freundin und sollte sich nicht die Schuld daran geben.

Paula - Der Abend nach dem Outing

Als ich am Abend endlich zu Hause ankam, konnte ich Catherines Auftritt noch immer nicht fassen. Aber genauso wenig konnte ich verstehen, wie sich die ganze Geschichte so schnell an der Uni verbreiten konnte. Es war ja nicht so, als würden dort nur eine Handvoll Leute studieren. Aber es schien so, als wüsste wirklich jeder, dem ich begegnete, schon über alles Bescheid. Und manche wussten sogar mehr als ich, die Gerüchteküche schien regelrecht zu brodeln. So hatte mich sogar Charlotte, ein Mädchen aus einem meiner Kurse, gefragt, wann das Baby käme und ob ich keine Angst vor einem behinderten Kind hätte. Ich wusste im ersten Moment wirklich nicht, was ich auf diesen Mist antworten sollte. Aber zum Glück war Lissy dabei gewesen. Sie packte mich einfach am Arm und zog mich weiter.

Die Reaktionen waren sehr unterschiedlich. Manche drehten sich um, wenn sie mich sahen, und gingen demonstrativ weg, andere tuschelten hinter meinem Rücken oder zeigten mit dem Finger auf mich. Aber zum Glück gab es auch die, die mich direkt ansprachen und mir sogar alles Gute wünschten oder mir gratulierten, da sie Alexander kannten. Zweimal wurde ich allerdings auch sehr böse verbal angegangen. Die eine beschimpfte mich sogar als Nutte und erklärte mir, wie krank ich doch sei, weil ich etwas mit meinem Bruder anfing. Zum Glück blieb Lissy immer an meiner Seite und stand mir bei. So verging der Tag einigermaßen gut, auch wenn ich leider in den Vorlesungen nicht so viel mitbekam, aber Lissy bot mir schon an, mir ihre Aufzeichnungen zu borgen. Was würde ich nur ohne sie tun?

Zum Glück schien Catherine nicht da zu sein. Alexander, der schon vor uns zu Hause angekommen war, bestätigte mir, dass sie nicht da war. Er hatte nämlich bei ihr geklopft, weil er sie zur Rede stellen wollte, aber ihr Zimmer war leer gewesen. Ich war nicht böse darüber, denn langsam traute ich ihr zu, ihn auch körperlich zu attackieren. Und so konnte ich mich einfach aufs Sofa fallen lassen und mich etwas entspannen. Lissy schmiss sich neben mich aufs Sofa und schaltete den Fernseher an.

»Einfach etwas abschalten«, meinte sie und zappte durch die Sender auf der Suche nach etwas, das sie sehen wollte. Alexander gesellte sich zu uns und eine Zeit lang saßen wir einfach nur da. Aber es war ein angenehmes Schweigen zwischen uns, kein angespanntes, wie man es so oft erlebte.

»Musst du noch lernen, oder wollen wir heute Abend ausgehen und meine neue Stelle feiern?«, fragte Alex mich nach einiger Zeit.

»Ausgehen?«, fragte ich. Er ging ab und zu gerne mal mit Ben in einen Klub, um etwas zu trinken. Da ich aber erst achtzehn war, durfte ich dort natürlich noch nicht rein, da dort Alkohol ausgeschenkt wurde.

»Wohin denn?«

»Ich dachte an ein schönes Restaurant«, antwortete Alexander aber zum Glück. Da wäre mein Alter kein Problem. »Du isst doch so gerne Fisch. Ich kenne das Restaurant, in dem es den besten Fischteller der Stadt gibt. Kommst du auch mit, Lissy?«

Ich fand es so lieb, dass er sie mit einbezog, und strahlte ihn dafür an. Aber sie lehnte dankend ab. Sie wollte lieber noch etwas fernsehen und dann früh ins Bett. Denn während ich morgen früh frei hatte, da meine erste Vorlesung erst mittags war, musste sie vor dieser noch arbeiten. Während Alexander uns ein Taxi bestellte, wünsche Lissy mir noch viel Spaß.

»Wenn Catherine kommt und Theater macht, melde dich bitte bei uns, dann komme ich schnellstmöglich zurück oder schicke dir Ben. Der hat vorhin schon versucht, mit ihr zu reden, leider nicht sehr erfolgreich, aber er hat versprochen, uns jederzeit zur Hilfe zu kommen, wenn wir ihn brauchen«, erklärte Alexander ihr. »Du musst dir nichts von ihr gefallen lassen.«

Ben war fast so ein Schatz wie Alex. Vielleicht sollte ich versuchen, ihn und Lissy zu verkuppeln. Die beiden würden wirklich gut zusammen passen. Ich musste sie unbedingt mal fragen, was sie von Ben hielt, aber nicht heute Abend. Außerdem hatte ich keine Ahnung, ob er überhaupt schon wieder bereit für eine neue Beziehung war. Nachdem Lissy versprach, sich im Notfall zu melden, kam auch unser Taxi schon und wir machten uns auf den Weg.

Der Abend war wirklich einmalig schön und die Zeit verging wie im Flug. Ich fragte mich jedoch, wie Alexander das so kurzfristig hatte organisieren können. Das Blue Water Grill war ein sehr gut besuchtes Restaurant direkt am Union Square, in dem fast alle Tische besetzt waren. Trotzdem bekamen wir sofort einen im unteren Teil des Restaurants und konnten so der Jazzmusik lauschen, die hier live gespielt wurde. Ich bestellte mir, wie von Alexander empfohlen, die Fischspezialitäten und er sich Pasta mit Garnelen.

Im Anschluss an das wirklich vorzügliche Essen, bummelten wir noch etwas durch die Straßen und unterhielten uns über alles Mögliche. Nach dem heutigen Tag tat es gut, einfach wie ein ganz normales Paar herumlaufen zu können, ohne von neugierigen oder entsetzen Blicken beobachtet zu werden. Es war schon fast zehn Uhr, ehe wir ein Taxi nach Hause nahmen. Doch schon fünf Blocks vor unserem Haus, gab es ein riesiges Verkehrschaos und wir kamen nicht mehr weiter. Alle Autos standen, oder versuchten zu wenden, was zu noch mehr Chaos führte, obwohl auch aus der Gegenrichtung nur vereinzelte Fahrzeuge kamen.

»Lass uns hier aussteigen und den Rest zu Fuß gehen«, schlug Alexander vor, als nun auch noch ein Feuerwehrauto mit Blaulicht an uns vorbei raste. »Da vorn muss etwas passiert sein und zu Fuß kommen wir bestimmt eher nach Hause wie im Taxi.«

Ich stimmte zu, auch wenn es mittlerweile richtig dunkel draußen war. Aber ich war ja nicht alleine. Alex bezahlte schnell den Taxifahrer und wir machten uns auf den Weg. Je weiter wir liefen, umso mehr beschlich mich eine böse Vorahnung. Es würde doch wohl nichts bei uns zu Hause passiert sein?

»Ich rufe mal schnell Lissy an, ob alles in Ordnung ist. Irgendwie habe ich ein ganz komisches Bauchgefühl«, sagte ich deshalb und zückte mein Handy.

»Wenn es dich beruhigt, mach das«, antwortete Alexander und ich war froh, dass er mich nicht für verrückt erklärte. Bestimmt war es nur die Aufregung des Tages, aber das schlechte Gefühl wurde immer stärker.

Leider schien Lissy ihr Telefon nicht zu hören. Ich ließ es sechs Mal klingeln, dann ging die Mobilbox dran. Ich hinterließ keine Nachricht, sondern versuchte es noch einmal. Aber auch beim zweiten Mal war es dasselbe und als ich es wieder versuchte, kam eine Ansage, der Teilnehmer wäre vorübergehend nicht erreichbar. Mit jedem Klingeln wurde meine Angst, etwas Schlimmes könnte passiert sein, größer und als die Ansage kam, wurde die Angst langsam zur Panik, die noch verstärkt wurde, als drei Krankenwagen mit Blaulicht an uns vorbei fuhren.

Waren wir am Anfang noch relativ gemütlich gegangen, verfielen wir nun in eine Art Ausdauerlauf. Die Autos, die eben noch alle standen, schienen nun wieder zu fahren, oder wurden sie nur umgeleitet? Ich wusste es nicht. Zum Glück waren wir nun nur noch zwei Blocks von unserem Haus entfernt. Wieder fuhren zwei Feuerwehrwagen und ein Polizeiauto mit laut heulenden Sirenen an uns vorbei und die Angst in mir wurde noch größer. Irgendwo in dieser Richtung musste etwas Schreckliches passiert sein. Sonst bräuchten sie nicht so viele Rettungskräfte.

Als wir um die nächste Ecke bogen, sah ich auch schon die beleuchtete Straßensperre am Ende der Straße. So schnell wir konnten, liefen wir darauf zu.

»Moment mal!«, rief uns ein Polizist zu, der den Verkehr umlenkte. »Wo wollt ihr denn hin? Hier könnt ihr nicht lang. Geht lieber nach Hause. Das hier ist nichts für Gaffer.«

»Wir wohnen da vorne«, erklärte Alex höflich, während ich immer größere Augen bekam. Die ganze Straße schien voller Einsatzwagen von Polizei, Feuerwehr und Rettungsdienst zu stehen. »Nummer achtunddreißig«, antwortete Alexander auf eine Frage, die ich vor Schreck gar nicht mitbekommen hatte. »Tut mir leid.«, sagte der Polizist. »Ich kann euch da wirklich nicht durch lassen. Habt ihr Familie oder Freunde in dem Haus?« »Lissy«, keuchte ich entsetzt. War wirklich unser Haus betroffen? Obwohl ich nicht gläubig war, fing ich an zu beten. Lissy durfte nichts geschehen sein. »Was ist dort passiert?«, fragte Alexander gepresst und griff tröstend nach meiner Hand.

»Es gab vor zwei Stunden wahrscheinlich eine Gasexplosion mit anschließendem Feuer in eurem Haus, das auf mehrere Gebäude übergegriffen hat. Mittlerweile ist aber alles unter Kontrolle. Die meisten Bewohner der Häuser konnten gerettet werden, einige werden aber noch vermisst, genaueres kann ich euch leider auch nicht sagen. In der Turnhalle der Primärieschool gibt es eine Anlaufstelle und eine Notunterkunft. Dort könnt ihr auch erfahren, wer in eines der Krankenhäuser gebracht wurde. Am besten begebt ihr euch dorthin und meldet euch, damit niemand glaubt, ihr wärt noch im Haus.«

Ich war wie gelähmt. Wir hatten Glück gehabt, aber was war mit Lissy? Sie wollte sich heute früh hinlegen, war sie rechtzeitig raus gekommen? Was war mit ihrer Familie? Und mit den anderen Bewohnern des Hauses? Das durfte doch alles nicht wahr sein. Hätte ich doch nur darauf bestanden, dass Lissy uns begleiten würde. Wenn sie gerettet wäre, dann hätte sie doch an ihr Handy gehen müssen. War sie etwa verletzt worden oder gar ... Ich konnte diesen Satz gar nicht zu Ende denken. »Komm Paula. Wir sehen nach, ob sie in der Turnhalle ist. Ihr ist bestimmt nichts passiert. Schließlich hat doch auch ihr Handy zunächst noch geklingelt, vielleicht ist jetzt einfach der Akku leer«, versuchte Alex, mich zu beruhigen. Es half nicht wirklich, aber ich wollte so schnell wie möglich erfahren, was mit Lissy war. Ihr durfte einfach nichts passiert sein.

Paula - Chaos und bange Fragen

Alexander und ich liefen, so schnell wir konnten, zu der angegeben Turnhalle. Wir hatten zwar keine Ahnung, wo diese Turnhalle genau war, aber da gerade noch ein weiteres Haus evakuiert wurde, weil das Feuer drohte darauf überzugreifen, schlossen wir uns einfach der Gruppe Menschen an, die zur Turnhalle strömte.

Neben den evakuierten Leuten waren auch schon einige freiwillige Helfer hier, die gerade dabei waren, Tische und Stühle herbei zu tragen. Aus den Matten, die in der Halle normalerweise im Turnunterricht benutzt wurden, waren jetzt provisorische Schlafstätten für die Kinder errichtet. Alles war furchtbar chaotisch und niemand schien recht zu wissen, was nun wirklich getan werden sollte. Deshalb standen sich die Leute oft gegenseitig im Weg und der Lärm war ohrenbetäubend.

Wir suchten nach jemandem, der uns sagen konnte, wer noch vermisst wurde oder verletzt war.

»Tut mir leid, im Moment versuchen wir erst einmal, das Chaos hier zu beseitigen«, erklärte uns ein Feuerwehrmann, der sich bemühte, den Aufbau einiger Feldbetten zu organisieren. »Irgendwer soll eigentlich eine Liste führen, aber ich habe keine Ahnung wer. Aus unserer Einheit war es niemand. Ich glaube, ein paar der hier eingeteilten Helfer sind auch noch gar nicht da.« Der Mann lächelte entschuldigend und wischte sich den Schweiß von der Stirn, dann machte er mit seiner Arbeit weiter.

»Können Sie uns wenigstens sagen, in welches Krankenhaus die Verletzten gebracht worden sind? In unserem Haus ist das Feuer ausgebrochen und ich kann unsere Mitbewohnerin nicht erreichen«, fragte ich nach. »Die Verletzten wurden auf mehrere Krankenhäuser verteilt, Miss. Es tut mir leid, aber ich kann Ihnen leider nicht weiter helfen.«

Enttäuscht gingen Alex und ich weiter. Wir fragten jeden offiziellen Helfer, aber niemand konnte uns weiter helfen. Einer meinte sogar, es könne Tage dauern, bis man alle Hausbewohner und Besucher registriert hatte und genau wusste, wo sie waren und wie es ihnen ging. Wir fragten, ob wir helfen konnten, aber das wurde abgelehnt, weil erst einmal das Chaos geordnet werden musste. Das war aber gar nicht so leicht, weil immer mehr Leute in die Turnhalle stürmten. Es gab sogar schon Streit um Sitzgelegenheiten und Feldbetten. Einer der Helfer pfiff laut und versuchte für Ruhe zu sorgen, das gelang aber erst, als ihm jemand ein Megafon reichte. Er forderte alle auf, friedlich zu bleiben und die Feldbetten den Kindern und alten Menschen zu überlassen. »Und jeder der Familie oder Freunde in der Nähe hat, sollte versuchen, dort unter zu kommen. Im Moment scheint das Feuer zwar unter Kontrolle zu sein, aber es kann jederzeit passieren, dass noch mehr Häuser geräumt werden müssen«, erklärte er.

»Wir sollten erst einmal allen eine Nachricht schreiben, dass wir in Ordnung sind und dann nehmen wir uns ein Hotelzimmer«, schlug Alexander vor. »Oder willst du hierbleiben?« Einerseits wollte ich das nicht, aber andererseits hatte ich immer noch die Hoffnung, Lissy hier finden zu können.

»Wir kommen gleich morgen früh wieder her«, versprach Alex mir und so stimmte ich zu. Im Moment waren die Chancen sowieso gering, Lissy hier zu finden. Ich schickte ihr vorsichtshalber eine Nachricht aufs Handy, falls wirklich nur ihr Akku leer wäre und sie irgendwo die Möglichkeit finden würde, es zu laden.

Alexander verschickte Nachrichten an unsere Familie und Ben, um auch diese zu informieren. Erst als wir die Turnhalle verlassen wollten, fragte uns ein Mann mit einer Liste, wer wir waren und trug uns in eine Liste ein. Wir fragten ihn nach Lissy, aber er konnte uns nichts sagen, da er gerade erst angefangen hatte und erst wenige Namen auf seiner Liste standen.

Schließlich verließen wir endgültig die Turnhalle und machten uns auf die Suche nach einem Taxi. Durch das Verkehrschaos und die vielen Menschen, die wie wir nicht in die Notunterkunft wollten, dauerte es aber fast zwanzig Minuten, bis wir eines fanden. Alexander nannte dem Fahrer den Namen eines mir unbekannten Hotels und dann ging es los. Während der Fahrt fielen mir ständig die Augen zu und ich musste sie krampfhaft wieder aufreißen. Schlafen konnte ich, wenn wir ein Zimmer hatten. Alexanders Handy klingelte und wir sprachen beide kurz mit unseren Eltern, die sehr froh waren von uns zu hören. Mom versprach, das erste Flugzeug nach New York zu nehmen, in dem sie einen Platz bekommen konnte. Sie würde auch den Schlüssel für Dads alte Wohnung mitbringen, die sie immer nutzten, wenn Mom etwas im Verlag regeln musste. Sonst stand die Wohnung leer und wir konnten diese erst einmal nutzen, bis wir wussten, was mit unserer anderen Wohnung war.

Endlich waren wir an unserem Ziel und Alex bezahlte den Fahrer, ehe wir ins Hotel gingen. Der Mann an der Rezeption sah uns erst sehr misstrauisch an, als wir um kurz nach ein Uhr nachts und völlig ohne Gepäck, ein Zimmer haben wollten. »Könnte ich bitte eure Ausweise sehen?«, fragte er Alexander streng. »Wir müssen sicher gehen, dass es sich bei deiner Freundin nicht um eine jugendliche Ausreißerin handelt. Wir möchten keine Probleme mit der Polizei bekommen.«

In mir stieg die Wut hoch. Der Tag war unglaublich lang und nervenaufreibend gewesen. Langsam war ich wirklich am Ende meiner Kräfte. Ich wollte schon losschreien, aber Alex legte mir beruhigend die Hand auf den Arm.

»Er macht nur seinen Job«, flüsterte er mir zu.

Wir legten unsere Ausweise vor und Alexander erklärte ihm noch dazu, dass wir Studenten waren und wegen des Großbrandes, von dem er schon aus den Nachrichten gehört hatte, nicht in unsere Wohnung konnten. Wahrscheinlich hatten wir sowieso keine Wohnung mehr, aber daran wollte ich jetzt nicht denken.

Zehn Minuten später bekamen wir endlich ein Zimmer. Da wir keine Klamotten und nicht einmal eine Zahnbürste bei uns hatten, zogen wir uns einfach nur bis auf die Unterwäsche aus und schlüpften unter die Decke und kuschelten kurz. Doch dann drehte ich mich von ihm weg, um einschlafen zu können. Obwohl ich völlig kaputt und hundemüde war, konnte ich nicht einschlafen. Meine Gedanken kreisten die ganze Zeit um Lissy und allen anderen Menschen aus unserem Haus. Ich hatte keinen der Hausbewohner, die ich kannte, in der Turnhalle gesehen. Waren alle heil heraus gekommen oder waren sie verletzt oder gar ... NEIN! Daran wollte ich gar nicht denken.

Aber natürlich ließen die Gedanken sich nicht vertreiben und langsam konnte ich auch die Tränen nicht mehr zurückhalten. Ich drehte mich nervös hin und her und versuchte, nicht zu weinen. Alex zog mich in seinen Arm und streichelte über meinen Rücken.

»Versuch zu schlafen, Paula«, sagte er leise. »Wenn wir uns jetzt verrückt machen, helfen wir auch niemandem. Morgen früh können wir bestimmt schon mehr erfahren.«

Doch so gern ich ihm glauben wollte, die Angst um meine beste Freundin war einfach zu stark. Die Tränen siegten, sie liefen und liefen, während Alex mich die ganze Zeit festhielt. Er sagte nichts, sondern hielt mich einfach nur ganz fest, bis ich mich ausgeweint hatte und in seinen Armen einschlief. Ich war mir sicher, auch er machte sich Sorgen um Lissy, aber er sprach es nicht laut aus.

Als ich wieder aufwachte, prasselte der Regen gegen das Fenster des Zimmers. Im ersten Moment glaubte ich, ich wäre in meinem Zimmer in Aptos. Das Geräusch war so vertraut, es fühlte sich richtig heimelig an. Doch dann atmete ich tief ein und der Geruch stimmte überhaupt nicht. Es roch nicht nach Meer und reiner Luft, wie Zuhause nach einem Schauer. Als ich die Augen aufschlug und das Hotelzimmer erkannte, waren sofort alle

Erinnerungen an gestern wieder da. Schnell stand ich auf und sah mich suchend um, weil Alexander nicht da war. Aber er war weder im Zimmer noch im angrenzenden Bad und auch die Sachen, die er gestern angehabt hatte, waren nicht mehr da. Warum war er weg, ohne mir etwas zu sagen?

Ich griff nach meinem Handy, das auf dem kleinen Schreibtisch lag und dabei fiel mir ein Zettel auf, der daneben lag.

Guten Morgen Paula!
Ich wollte dich nicht wecken und bin nur kurz unterwegs, um uns ein paar saubere Sachen zu besorgen. Ich komme, so schnell es geht, wieder. Du kannst ja schon einmal duschen gehen, wenn du magst. Saubere Bademäntel hängen im Badezimmer.

Kuss Alexander

Ich ließ den Zettel, den ich zum Lesen in die Hand genommen hatte, sinken und musste trotz allem lächeln. Alex war so fürsorglich, es tat gut. Allerdings verging mir das Lächeln schnell wieder, als sich meine Gedanken um gestern und um Lissy drehten. Ich griff nach meinem Handy und versuchte, sie zuerst einmal zu erreichen. Diesmal klingelte ihr Handy sogar, aber sie ging nicht dran. Trotzdem versuchte ich, es als gutes Zeichen zu sehen. Wenn ihr Telefon nun wieder angeschaltet war, konnte ihr doch nichts Schlimmes geschehen sein. Zumindest klammerte ich mich an diese Hoffnung, um nicht durchzudrehen. Neben meiner Familie war sie der wichtigste Mensch in meinem Leben geworden.

Nachdem ich noch zwei weitere Male erfolglos versucht hatte, sie zu erreichen, gab ich es auf und ging erst einmal ins Badezimmer. Während ich unter der Dusche stand, hörte ich, wie jemand ins Zimmer kam und dann klopfte es auch schon.

»Paula, ich bin wieder da und lege dir die Sachen aufs Bett. Ich hoffe, sie passen dir«, sagte er leise.

Als ich mir gerade die Haare wusch, hörte ich mein Handy im Zimmer klingeln und wie Alexander sich meldete. Ob das wohl Lissy war? Ich hörte ihn zwar reden, aber ich konnte nichts verstehen. In Rekordzeit hatte ich das Shampoo ausgespült und ging, nur mit einem Handtuch bekleidet hinüber.

Alex lächelte mich an.

»Sie ist jetzt fertig, ich gebe sie dir«, sagte er zum Anrufer und gab mir dann das Handy. Mit klopfendem Herzen meldete ich mich.

»Hallo Paula«, hörte ich Lissy mit kratziger Stimme sagen. »Ich bin so froh, dass ihr in Ordnung seid.« Vor Erleichterung kamen mir die Tränen und gleichzeitig musste ich vor Glück fast lachen.

»Ich bin froh, endlich etwas von dir zu hören. Wie geht es dir? Und wo bist du?«, fragte ich.

»Ich bin Okay, aber es ist eine lange Geschichte, die ich dir lieber persönlich erzählen möchte. Ich liege im Moment im Presbyterian. Würdest du vorbeikommen?«, fragte sie.

Wir würden uns gleich auf den Weg ins Krankenhaus machen, versprach ich ihr und legte auf, nachdem sie mir noch gesagt hatte, in welchem Zimmer sie lag. Hoffentlich war ihr nichts Schlimmes passiert und das sie bald nach Hause durfte, wo auch immer das in Zukunft sein würde. Unsere Wohnung war ja sicher unbewohnbar. Aber darüber konnten wir uns später Gedanken machen. Wir waren alle am Leben, und nur das zählte. Den Gedanken, was wohl mit Catherine war, verdrängte ich schnell wieder. Auch wenn ich sie nicht leiden konnte, hoffte ich trotzdem, dass es ihr gut ginge.

Lissy - Geschockt

Nachdem ich aufgelegt hatte, musste ich stark husten, bis ich fast keine Luft mehr bekam. Es dauerte eine gefühlte Ewigkeit, bis dieser Hustenreiz endlich nachließ. Zum Glück blieben dieses Mal aber wenigstens das Schwindelgefühl und die Übelkeit aus. Ich versuchte, dies als gutes Zeichen zu sehen, dass ich auf dem Wege der Besserung war. Als ich endlich wieder richtig atmen konnte, schloss ich erschöpft die Augen, nur um sie gleich darauf wieder aufzureißen, denn sofort verfolgten mich die Bilder der letzten Nacht. Ob ich die je wieder loswerden würde? Die Ärzte, die bei mir zum Glück nur eine leichte Rauchvergiftung und leichte Verbrennungen behandeln mussten, hatten mir angeboten, dass ein Psychologe zu mir kommen könnte und langsam überlegte ich, ob ich das Angebot, das ich in der Nacht noch vehement abgeschlagen hatte, nicht doch annehmen sollte.

Ich war hundemüde, da ich in der Nacht kaum schlafen konnte. Immer wieder waren Bilder des Abends in meinen Träumen aufgetaucht, und ich war schweißgebadet und hustend aufgewacht. Noch immer konnte und wollte ich nicht wirklich begreifen, was passiert war. In den Fernsehnachrichten hatte ich das ganze Ausmaß der Zerstörung gesehen. Unser Haus und auch die beiden Angrenzenden waren völlig niedergebrannt. Die Frau, mit der ich das Zimmer teilte, war total fasziniert von den Bildern gewesen und wollte immer wieder von mir wissen, wie das gewesen war, aber ich wollte nicht darüber reden. Nun war sie beleidigt, aber das war mir egal. Ihre Sensationsgier war einfach nur widerlich. Jetzt war sie zum Glück gerade nicht im Zimmer und ich hatte etwas Ruhe.

Ich fragte mich, ob Catherine etwas damit zu tun haben könnte. War sie wirklich so verrückt, das Haus mit Absicht in die Luft zu jagen, oder war es ein schrecklicher Unfall gewesen? Was war gestern nur in der Küche passiert? In den Nachrichten war von einer Gasexplosion die Rede gewesen und in der Küche war die Gastherme für unsere Heizung gewesen. Hatte sie die etwa manipuliert und wenn ja absichtlich oder aus Versehen? Ich fragte mich, ob wir die Wahrheit je erfahren würden, denn Catherine gehörte zu den Vermissten, wie ich heute Morgen erfahren hatte. Die Polizei ging aufgrund der Schäden durch die Explosion und das Feuer davon aus, dass sie nicht überlebt haben könnte.

Die Wohnung war restlos zerstört worden und es war so gut wie unmöglich, dort lebend heraus zu kommen. Zumindest hatte das der Polizist gesagt, der mich heute Morgen befragte. Auch die Wohnung meines Onkels war allein durch die Explosion schon stark beschädigt worden und mein Onkel galt ebenfalls als vermisst. Bei ihm bestand aber noch die Hoffnung, dass er unter den noch nicht identifizierten Verletzten sein könnte. Zum Glück waren wenigstens Alexander und Paula nicht im Haus gewesen waren, als es passiert war. Wenn sie unter den Vermissten wären, wäre es noch schlimmer für mich. Weder meinen Onkel noch Catherine mochte ich wirklich, auch wenn ich ihnen natürlich nicht den Tod oder schlimme Verletzungen wünschte. Mir fielen erneut die

Augen zu, während ich darüber nachdachte, aber sofort riss ich sie wieder auf, denn die Bilder des gestrigen Abends waren sofort wieder da.

Kurz nachdem Alexander und Paula die Wohnung verließen, war Catherine in die Wohnung gekommen. Sie würdigte mich keines Blickes und verschwand fast sofort in der Küche, aus der kurz danach komische Geräusche zu hören waren.
»Was machst du da?«, rief ich kurz. Doch ich bekam keine Antwort und deshalb überlegte ich gerade, ob ich nachsehen sollte, als mein Handy klingelte.
»Kannst du kurz herüberkommen und mir helfen?«, bat Tante Becky mich flüsternd, wahrscheinlich damit mein Onkel nichts mitbekam. »Ich habe im Kinderzimmer ein Problem, von dem dein Onkel nichts erfahren darf ...«
Solche Probleme kannte ich schon. Meistens hatten die Kinder Blödsinn gemacht oder es war etwas kaputt gegangen und mein Onkel sollte nichts davon erfahren, damit er die Kleinen nicht zu hart bestrafte. Maria war schließlich erst fünf und man konnte nicht erwarten, dass sie immer alles richtig machte. Aber mein Onkel tat das und wenn sie, seiner Meinung nach, einen Fehler machte, musste die Kleine stundenlang beten oder wurde ohne Essen ins Bett geschickt.
Als ich zu ihnen gezogen war, hatte meine Tante schon versucht, die Strafe abzumildern, zum Beispiel, indem sie heimlich etwas zu Essen ins Kinderzimmer schmuggelte, allerdings war das alleine oft nicht zu schaffen. Mit meiner Hilfe gelang es ihr nun aber immer öfter, eine Strafe ganz zu verhindern, indem wir solche Sachen vertuschten. Er war zwar der Meinung, nur wegen seiner tollen Erziehung passierte nun weniger. Aber das war uns egal. Hauptsache die Kleinen mussten nicht unter ihm leiden.

Tante Becky sparte sowieso schon lange heimlich Geld, um mit den Kindern weglaufen zu können. Ich hatte ihr versprochen, sie dabei so gut ich konnte, zu unterstützen, sowie ich genug Geld verdienen würde, denn auch ich plante nicht, nach meinem Studium weiterhin so zu leben.

Zehn Minuten später war ich mit meiner Tante und den drei Kindern im Kinderzimmer und versuchte vorsichtig, die Aufkleber zu lösen, die Maria in der Vorschule geschenkt bekommen hatte und die nun am Kleiderschrank bombenfest klebten. Wenn mein Onkel das sehen würde, würde er alle drei Kinder bestrafen, weil sie sein Eigentum nicht ehrten.

Auf einmal gab es einen lauten Knall und das ganze Haus wackelte. Die Kinder schrien vor Schreck laut auf und meine Tante sah aus, als würde sie gleich umkippen. Im ersten Moment begriff ich gar nicht, was los war und machte die Kinderzimmertür auf, um nachzusehen. Was ich im Flur sah, jagte mir einen noch größeren Schrecken ein. Ich konnte aus dem Kinderzimmer bis zum Treppenhaus sehen, da die Wand scheinbar weggesprengt war. Außerdem war überall Feuer, das sich rasch in meine Richtung ausbreitete. Schnell schlug ich die Tür wieder zu, denn der Rauch kratzte mir schon jetzt im Hals. Ich riss das Fenster auf, um Luft hereinzulassen, und griff nach meinem Handy, um die Feuerwehr anzurufen, doch in diesem Moment hielt schon der erste Löschwagen vor dem Haus.

Für einen kurzen Moment wunderte ich mich darüber, dass die Rettungskräfte so unglaublich schnell hier waren. Allerdings interessierte mich das nicht. Ich war einfach nur dankbar über die Männer und Frauen, die uns so schnell retten konnten. Während meine Tante die Kinder fest im Arm hielt und laut betete, rief ich den Feuerwehrleuten zu, dass sie uns hier raus holen sollten, denn mittlerweile hatten sich die ersten Flammen schon bis ins Zimmer durchgefressen. Die Hitze war unerträglich und der Rauch brannte regelrecht in meiner Lunge.

»Wir holen Sie da raus«, rief ein Feuerwehrmann mir zu, während er mit mehreren anderen zusammen eine Leiter in Position brachte. Es dauerte zwar gefühlt noch Stunden, bis zuerst die Kinder, dann meine Tante und zuletzt ich aus dem Fenster klettern konnten, aber wahrscheinlich waren es nur wenige Minuten gewesen. Wir wurden alle sofort medizinisch erstversorgt und meine Tante wurde wegen ihrer Schwangerschaft gleich als erste in einen Krankenwagen gelegt und weggefahren. Die Kinder, die alle drei weinten und wahrscheinlich unter Schock standen, wurden gleich danach zusammen in dasselbe Krankenhaus gebracht, wie mir versprochen wurde.

Mich brachte man zuerst einmal zu einem Arzt, der vor Ort einige Verbrennungen bei mir verband, die ich bis dahin gar nicht bemerkt hatte. Allerdings war mir jetzt auch schwindelig und ich bekam Probleme Luft zu holen. Deshalb wurde mir ein Tropf gelegt und ich bekam Sauerstoff über eine Maske. Als es mir etwas besser ging, wurde ich in ein Zelt gesetzt, das einige Helfer gerade aufgebaut hatten.
»Wir müssen zuerst die schwerer Verletzten unterbringen, aber wir vergessen Sie nicht«, versprach mir ein anderer Helfer und brachte noch eine Decke, um mich darin einzuwickeln.

Immer mehr Leute kamen dazu und wurden verarztet und ebenfalls hier hingesetzt. Schwerverletzte wurden wohl immer gleich abtransportiert. Erst als auch ich später im Krankenhaus lag, fing ich an, mir Sorgen um meinen Onkel und auch um Catherine zu machen. Ich mochte zwar beide nicht besonders gern, aber dennoch wünschte ich ihnen nichts Schlechtes.

Ein Klopfen an der Zimmertür brachte mich in die Wirklichkeit zurück.

»Herein«, krächzte ich und kurz darauf war Paula auch schon bei mir und setzte sich auf die Bettkante, um mich umarmen zu können. Alexander, der mit ihr zusammen das Zimmer betreten hatte, begrüßte mich und stellte sich dann neben das Bett.

»Wie geht es dir?«, fragte sie besorgt. »Ich habe mir solche Sorgen um dich gemacht, weil dein Handy erst geklingelt hat und dann nur noch die Mobilbox dran ging.«

Mein Handy musste ich gestern Abend irgendwo verloren haben. Zum Glück hatte ich Paulas Nummer im Kopf gehabt und konnte sie vorhin anrufen.

»Mir geht es ganz gut, aber ich habe keine Ahnung, was mit den anderen ist. Meine Tante und die Kinder sind in einem anderen Krankenhaus und was mit meinem Onkel, Catherine oder den anderen Hausbewohnern ist, weiß ich nicht ...« Wieder einmal schüttelte mich ein Hustenkrampf und ich konnte nicht weiter sprechen.

»Sprich lieber nicht so viel. Das scheint dir nicht zu bekommen«, stellte Alex fest und reichte mir fürsorglich das Glas Wasser, das auf meinem Nachtschrank stand. »Trink etwas, das wird deinen Hals hoffentlich beruhigen.«

»Weißt du schon, wann du entlassen wirst?«, fragte Paula, doch das konnte ich nur verneinen. Außerdem fragte ich mich, wo ich hin sollte, wenn ich hier heraus kam. Eine Wohnung, in die wir zurückkehren könnten, hatten wir ja nicht mehr.

»Nachher kommt unsere Mutter«, erzählte Paula dann. »Sie bringt den Schlüssel für ihre Wohnung mit. Die ist zwar nicht in der Nähe der Universität, aber zumindest haben wir dort ein Dach über dem Kopf. Ich komme nachher und bringe dir ein paar Sachen. Wenn du etwas Bestimmtes brauchst, kannst du mich auch jederzeit anrufen. Aber nun solltest du schlafen, Lissy. Du siehst völlig fertig aus.«

Wahrscheinlich wäre es wirklich besser, wenn ich schlafen würde, aber ich hatte Angst vor den Träumen. Alexander schien das zu erahnen.

»Lass dir ein leichtes Schlafmittel geben, wenn du ohne nicht schlafen kannst«, schlug er vor und ich versprach, darüber nachzudenken. Paula und Alexander blieben nicht lange, da sie zu der Notunterkunft wollten, um sich dort nach meinem Onkel, Catherine und unseren anderen Nachbarn zu erkundigen. Doch auch ohne Schlafmittel, fielen mir die Augen, schon kurz nachdem die beiden weg waren, zu. Ich war einfach körperlich völlig erschöpft.

Paula - Erste Erkenntnisse

Wir verließen das Krankenhaus und ich war einfach nur froh, dass Lissy nichts Schlimmeres passiert war. Doch als wir danach noch einmal zur Notunterkunft kamen, erfuhren wir, was mit den anderen Hausbewohnern passiert war. Es war so schrecklich.

In den drei zerstörten Häusern hatten insgesamt hundertdreizehn Menschen gelebt, die nun nicht nur keine Wohnung mehr besaßen, sondern auch noch ihr ganzes Hab und Gut in den Flammen verloren hatten. Doch das war noch nicht einmal das Schlimmste. Neben unzähligen Leichtverletzten gab es auch einige, die schwere und schwerste Brandverletzungen hatten. Einige schwebten sogar noch in Lebensgefahr und für drei Menschen war jede Hilfe zu spät gekommen. Catherine, Lissys Onkel und ein Nachbar, der sich gerade im Treppenhaus aufgehalten hatte, waren durch die Explosion getötet worden.

Catherine hatte kurz vor der Explosion bei der Polizei angerufen und ihre Tat angekündigt. Das war wohl Glück im Unglück gewesen, denn nur so waren die ersten Einsatzkräfte schon so früh vor Ort gewesen. Die Beamten konnten es zwar nicht mehr verhindern, aber zumindest waren die ersten Löschfahrzeuge schon wenige Minuten nach der Explosion vor Ort gewesen und konnten damit zum schnellstmöglichen Zeitpunkt mit der Rettung der Bewohner und den Löscharbeiten beginnen. Hätte Catherine diesen Anruf nicht gemacht, hätte es wahrscheinlich noch viel mehr Opfer und Zerstörung gegeben.

Das alles erfuhren wir schon in der Turnhalle, dort bat uns dann auch einer der Helfer, so schnell wie möglich zur Polizeidienstelle zu gehen, um unsere Aussagen zu machen. Wir machten uns natürlich direkt auf den Weg dorthin. Als wir auf der Polizeiwache angekommen waren, bat Inspektor Green mich gleich in sein Büro. Er erzählte mir dann auch den Rest der Geschichte und stellte mir einige Fragen über Catherine. Da sie unsere Mitbewohnerin war, hatten sie sich von uns weitere Informationen erhofft, die Catherines Motiv erklären konnten.

Da ich nichts zu verbergen hatte, erzählte ich ihm wirklich alles, auch von meiner heimlichen Liebe für meinen Stiefbruder und Catherines Erpressungsversuch, als sie es herausfand und wie ich eigentlich dadurch erst den Mut fand, Alexander meine Gefühle zu gestehen …

Inspektor Green hörte sich alles an und machte sich immer wieder Notizen. Dann fragte er mich, wie die Wohnung in den Besitz meiner Familie gekommen war. Zuerst wusste ich gar nicht, was er von mir wollte, aber da ich nichts zu verbergen hatte, erzählte ich ihm alles. Es war ja kein Geheimnis, wem die Wohnung gehörte. Unsere Eltern hatten diese Alex schließlich zum Beginn seines Studiums geschenkt.

Dann fing er an, ganz seltsame Fragen zu stellen, die ich erst im Nachhinein verstand.

»Wissen Sie, wer zuvor in der Wohnung gelebt hat oder warum die Wohnung verkauft wurde?«, fragte der Inspektor, aber dazu konnte ich ihm nichts sagen, da ich davon nichts wusste.

»Meine Mutter könnte Ihnen vielleicht weiterhelfen«, antwortete ich deshalb nur. »Sie kommt nachher an und hilft Ihnen dann bestimmt gern. Schließlich hat sie die Wohnung ja zusammen mit meinem Vater gekauft.«

»Sie müssen verstehen, wir suchen nach einer Erklärung für die Tat ihrer Mitbewohnerin. Sie hat kurz vor der Explosion bei der Polizeidienststelle angerufen und gedroht, dass sie das Haus mit allen Bewohner in die Luft sprengt, falls Sie und Ihr Bruder nicht die rechtmäßig ihr gehörende Wohnung räumen würden.« Rechtmäßig ihre Wohnung? Meine Eltern hatten sicher nichts Illegales getan, um Catherine die Wohnung wegzunehmen. Was meinte sie damit?

»Nur deshalb waren die Einsatzkräfte so schnell vor Ort und konnten Schlimmeres verhindern. Wir haben schon Kontakt zu der Mutter gesucht, aber sie nicht erreichen können. Kennen Sie die Familie näher? Wir müssen unbedingt erfahren, ob sie wirklich früher in dieser Wohnung gelebt hat.«

Leider konnte ich ihm auch da nicht weiter helfen, da ich Catherines Mutter noch nie getroffen oder auch nur telefonisch mit ihr gesprochen hatte. Catherine meinte zwar bei ihrem Theater an der Uni, es wäre schon immer ihr Zimmer gewesen, aber ich hatte dieser Aussage keine weitere Beachtung geschenkt. Ich riet dem Polizisten, Ben und Irina zu befragen, da diese sicher mehr als ich helfen konnten. Damit wurde ich entlassen.

»Sie können dann jetzt gehen. Ich danke Ihnen für ihre Zeit und die Aussage, Miss Baker. Auf Wiedersehen«, verabschiedete der Inspektor sich von mir.

»Auf Wiedersehen«, antwortete ich brav, obwohl ich darauf gut verzichten konnte ihn jemals wieder zu sehen, auch wenn er wirklich sehr nett zu mir gewesen war.

Noch immer konnte ich kaum fassen, was ich gerade erfahren hatte.

Als ich das Büro verließ, wartete Alex schon auf dem Flur auf mich. Er musste seine Aussage bei einem Kollegen von Mr. Green machen. Ich wollte nur noch raus hier. Ob es ihm wohl genauso ging wie mir?

»Alles in Ordnung bei dir?«, fragte er gleich besorgt und nahm mich kurz in den Arm. Ich konnte gar nicht anders, als ihm zuzulächeln, als er mich wieder losließ. Immer war er so rücksichtsvoll und für mich da, wenn ich ihn brauchte.

»Ja, ich bin nur etwas geschockt. Ich fand Catherine ja noch nie normal. Aber trotzdem hätte ich das nicht von ihr erwartet.« Noch einmal ließ ich das Gespräch mit dem Polizisten Revue passieren, um es überhaupt zu begreifen.

»Wie konnte sie nur absichtlich das Haus in die Luft jagen und dabei so viele Menschenleben aufs Spiel setzen? Und dann dieser Anruf bei der Polizei? Ich verstehe das alles nicht. Was haben wir ihr getan?« Auf einmal kämpfte ich mit den Tränen. Alex nahm mich sofort wieder in den Arm und hielt mich fest, bis ich mich wieder etwas beruhigte. Ich weinte nicht um Catherine, aber die ganze Situation überforderte mich.

»Komm, wir müssen zum Flughafen. Mom landet bald«, meinte Alex nach ein paar Minuten, obwohl wir noch mehr als genug Zeit hatten. Wahrscheinlich wollte er mich ablenken, damit ich auf andere Gedanken kam. Und wirklich ging es mir schon etwas besser, als wir das Polizeirevier verließen und durch den danebenliegen den Park wanderten. Hier in der Natur waren die

Nachrichten so unwirklich, wahrscheinlich würde es einige Zeit dauern, bis wir das ganze Ausmaß der Katastrophe begreifen konnten. Meine Gedanken kreisten die ganze Zeit um das, was passiert war. Vieles war mir auch noch völlig unklar, aber je mehr ich erfuhr, umso unbegreiflicher wurde es.

Ich dachte darüber nach, dass ich Catherine gar nicht gekannt hatte, wurde mir jetzt klar. Trotz aller Streitigkeiten wusste ich über sie nicht viel mehr als ihr Studienfach.

»Paula, steigst du bitte ein? Der Fahrer möchte los«, forderte mich Alexander auf. Ich hatte gar nicht bemerkt, wie wir den Park verließen und nun vor der bereits geöffneten Tür eines Taxis standen. Ich lächelte ihn entschuldigend an und beeilte mich, Platz zu nehmen. Wenn ich weiter so unaufmerksam war, würde mir noch etwas passieren. Wahrscheinlich wäre ich auch mitten auf die Straße gelaufen, wenn Alexander mich nicht gelenkt hätte. Das musste unbedingt aufhören!

»Tut mir leid, ich bin mit meinen Gedanken im Moment ständig weit weg. Mir geht so viel durch den Kopf«, versuchte ich, mich bei Alexander zu entschuldigen, doch der wiegelte gleich ab.

»Das ist doch völlig verständlich. Es ist gestern einfach zu viel passiert und du brauchst Zeit, um das Ganze zu verarbeiten. Jetzt holen wir Mom ab und dann melde ich uns den Rest der Woche an der Uni krank.«

Eigentlich wollte ich protestieren, da ich ein Referat halten musste. Aber das war wie alles andere in der Wohnung auch verbrannt. Von unserem Haus war nicht mehr viel übrig, hatte Inspektor Green gesagt. Bisher waren die Sorgen um Lissy und das Entsetzen über

Catherines Tat so groß gewesen, dass alles andere in den Hintergrund gedrängt wurde. Nun erst wurde mir bewusst, was wir alles verloren hatten.

»Unsere Sachen ... Meine Fotos ... die ganzen Unterlagen ... alles ... es ist alles weg«, stammelte ich und merkte, wie mir die Tränen kamen. Es waren ja nicht nur die Uni-Unterlagen, die verloren waren, sondern auch unsere komplette Garderobe, die vielen kleinen Erinnerungsstücke und Fotos, die ich extra aus Aptos mitgenommen hatte, meine Bücher, mein Laptop mit meinem digitalen Tagebuch ... alles futsch.

Dabei hatten wir es noch gut, denn wenn Mom kam, dann brachte sie den Schlüssel zu Dads alter Wohnung mit, in der wir nach meiner OP gelebt hatten, bis wir nach Aptos gezogen waren. Das war noch immer ein Zuhause. Viele andere hatten gar nichts mehr, weder ihre Sachen, noch ein Dach über dem Kopf und in New York eine bezahlbare Wohnung zu finden, war gar nicht so einfach. Ich musste an Lissys Tante und die Kinder denken, die auch noch ihren Ehemann und Vater, den Ernährer der Familie, verloren hatten. Wie schlimm musste es erst für sie sein, auch wenn ich Lissys Onkel wirklich nicht gemocht hatte, so fand ich seinen Tod doch furchtbar. Kein Mensch hatte es verdient, so zu sterben. Die Tränen liefen immer mehr, je mehr ich darüber nachdachte, was dieser Brand für Lissy und ihre Familie bedeutete.

Alexander löste seinen Gurt und nahm mich fest in den Arm.

»Die Unterlagen bekommen wir bestimmt von unseren Mitstudenten und Professoren irgendwie zusammen«, versuchte er mich zu trösten. »Schließlich ist es nicht unsere Schuld.« Doch da war ich gar nicht so sicher. Waren wir vielleicht Schuld an Catherines Tat? Schließlich hatten wir sie aus der Wohnung werfen wollen. Doch darüber musste ich später in Ruhe nachdenken und mit Alex dann darüber reden. Denn jetzt hielt das Taxi am Flughafen und ich versuchte, die Tränen zurückzudrängen. So verheult konnte ich ja nicht durch die Menschenmassen laufen.

Leider blieb mir nichts anderes übrig, als so aus dem Taxi zu steigen, denn der Fahrer war schon ziemlich ungeduldig und wollte weiter. Also versuchte ich, die Tränenspuren so gut es eben ging wegzuwischen und beschloss, mich auf der Toilette etwas frisch zu machen, ehe ich meiner Mutter unter die Augen treten würde. Zum Glück hatten wir noch fünfzehn Minuten Zeit, bis ihr Flugzeug landen würde.

Allerdings hätte ich mir diese Mühe sparen können, denn als Mom durch die Absperrung trat und mit ausgebreiteten Armen auf mich zukam, liefen die Tränen bei mir schon wieder. Was war nur los mit mir? Ich war doch sonst nicht so eine Heulsuse. Allerdings hatte ich sonst auch nicht so viel zu verarbeiten, wie im Moment, aber mit Alexander und meiner Mutter an meiner Seite, würde ich das schon schaffen.

Alexander - Familien

Freunde kann man sich aussuchen, Familie hat man. Diesen Spruch hatte ich irgendwann einmal gehört und eigentlich total blöd gefunden, aber jetzt begriff ich erst so langsam, was er bedeutete und wie sehr er stimmte. Während unsere Mutter sich nach dem Brand sofort in ein Flugzeug setzte, um uns beizustehen, waren Lissy und ihre Tante nun ganz allein. Ihre Familie half ihnen nicht nur, sondern machten noch mehr Probleme.

Da Mr. Stevenson bei dem Brand, der jetzt schon zwei Wochen zurücklag, ums Leben gekommen war und von der Wohnung und ihrem Inhalt nur noch Asche übrig war, wollte Lissys Mutter ihre Tochter und auch ihre Schwester mit den Kindern, sofort zu sich nach Pennsylvania holen. Beziehungsweise sollten die sechs sich möglichst sofort auf den Weg machen und ihr Leben in New York aufgeben, um in den Schoß der Gemeinde zurückzukommen. Eine Reise war Lissys Mutter nämlich zu anstrengend und ihr Vater war erkrankt. Zumindest schob er das als Grund vor, warum er zurzeit nicht persönlich kommen konnte. Lissy vermutete allerdings, er wollte sich einfach nicht öffentlich gegen die Gemeinde stellen. Wenn es nach ihm ginge, sollte sie ihr Studium in Ruhe abschließen können.

Der Priester ihrer Gemeinde hatte aber bestimmt, zwei Frauen dürften nicht allein mit den Kindern in der Großstadt leben und was er sagte, war für Lissys Mutter

Gesetz. Auch wenn in der Gemeinde eigentlich die Männer das Sagen hatten, so setzte sie ihrem Mann wohl ganz schön zu. Dabei ging es noch nicht einmal um die fehlende Wohnung und den nicht vorhandenen Job, um eine neue zu finanzieren. Sondern nur darum, als das Frauen nicht ohne die Führung eines Mannes sein dürfen. Lissys Mutter befahl also die Rückkehr. Für ihre Tochter hatten sie sogar schon einen, ihrer Meinung nach passenden, Ehemann ausgesucht, den diese noch nicht einmal kannte, sondern der auch noch fünfzehn Jahre älter war als sie und Witwer mit fünf Kinder war.

Allerdings hatten weder Lissy noch ihre Tante Lust zurückzugehen. Lissy wollte weiter studieren und ganz sicher nicht einen unbekannten Mann heiraten und Mutter für seine Kinder spielen.

»Wahrscheinlich bin ich dann selbst in ein paar Wochen schwanger. Das können sie vergessen! Ich werde niemals zurückgehen«, schimpfte Lissy laut und wir konnten sie alle verstehen. Mom bot ihr gleich an, sie könne umsonst mit uns in der Wohnung leben. Ihre Lebenshaltungskosten konnte sie durch ihren Job ja sowieso selbst bestreiten, das hatte sie vorher auch schon getan. Zuerst wollte Lissy das nicht annehmen, aber Mom konnte sie schließlich davon überzeugen. Das Zimmer würde sonst nur leer stehen. Ihre Tante lag derzeit sowieso noch im Krankenhaus, da sie nicht nur mehrere Brandverletzungen hatte, sondern auch noch Gefahr bestand, sie könne das Kind verlieren. Eine Reise kam für sie also im Moment gar nicht in Frage.

Die drei Kleinen waren so lange in einer Pflegefamilie untergebracht, die sich auch rührend um sie kümmerten. Mom hatte sie mit der Hilfe von Bekannten gesucht und dort ging es den Kindern wirklich gut. Zum Glück waren die drei fast unverletzt und fast konnte man zusehen, wie sie ohne ihren Vater aufblühten. Natürlich vermissten sie ihre Mutter und ihre Cousine, auch wenn sie täglich zu Besuch ins Krankenhaus gebracht wurden und Lissy sie auch, so oft es ging, besuchte, aber die Pflegeeltern schafften es meistens schnell sie abzulenken.

Lissy war vor ein paar Tagen aus dem Krankenhaus entlassen worden und wohnte nun mit uns und unserer Mutter in der Wohnung meiner Eltern. Im Gegensatz zu vielen Anderen, die jetzt obdachlos waren, hatten wir wirklich Glück, auch wenn es von hier aus bedeutend weiter zur Universität war, aber das war zweitrangig. Heute war sie das erste Mal wieder mit Paula zur Universität gefahren und deshalb war ich im Moment allein in der Wohnung. Mom war gerade einkaufen und ich sollte eigentlich schlafen, da ich heute Abend meinen ersten Nachtdienst in der Klinik machen würde. Allerdings war ich überhaupt nicht müde und lag einfach auf dem Bett und dachte nach.

Dad wollte am Freitag mit Lilly kommen und ein paar Tage bleiben, ehe sie zusammen mit Mom wieder abreisen wollten.

»Das wird bestimmt zu eng werden, wenn alle hier sind. Vielleicht sollte ich mir für ein paar Tage eine andere Bleibe suchen«, schlug Lissy gestern Abend wirklich vor. Sie wollte unsere Familie nicht stören. Aber da protestierten wir gleich alle drei. Schließlich gab es in der Wohnung mehr als genug Platz. Meine Eltern hatten ihr Schlafzimmer, Paula und ich schliefen in meinem alten Zimmer, Lissy bekam Paulas altes Zimmer und aus dem ehemaligen Büro war Lillys Zimmer geworden.

Mom hatte die Wohnung erst vor zwei Jahren komplett neu eingerichtet, damit für uns alle Platz war, wenn wir New York besuchten. Ich studierte zu diesem Zeitpunkt zwar schon hier und hatte die andere Wohnung gehabt, aber Mom wollte einen Ort, wo immer Platz für die ganze Familie war, so wie in Aptos auch. Sie hatte sogar extra neue Kingsize Betten für Paula und mein Zimmer gekauft, damit wir später Platz für eventuelle Partner hätten. Mit Sicherheit hatte sie dabei aber nicht im Traum gedacht, dass Paula und ich würden uns irgendwann ein Zimmer teilten.

Am ersten Abend hier in der Wohnung, war Paula zuerst in ihr Zimmer gegangen und ich lag lange wach, weil ich einfach nicht einschlafen konnte. Irgendwann mitten in der Nacht, war ich dann kurz aufgestanden, um mir ein Glas Wasser zu holen, und traf Paula in der Küche.

»Kannst du auch nicht schlafen?«, fragte ich und musste dann gleich über mich selbst lachen. Hätte sie schlafen können, wäre sie schließlich nicht in der Küche gewesen. Paula stimmte in mein Lachen mit ein, war aber gleich darauf wieder ernst geworden.

»Ich habe noch kein Auge zugemacht. Mein Gedankenkarussell dreht sich unaufhörlich um den Brand und was alles passiert ist.«

Da bot ich ihr an, bei mir zu schlafen, und sie nahm das Angebot gerne an. Seitdem schlief sie jede Nacht bei mir und weder Mom noch Lissy schienen das seltsam zu finden. Allerdings hatte ich nun schon etwas Angst vor Dads Reaktion darauf. Er war sowieso nicht so begeistert von unserer Beziehung und nun würden wir sie ihm vorführen. Wahrscheinlich würde er denken, wie ich Paula jede Nacht verführte, obwohl das gar nicht so war. Wir küssten und streichelten uns zwar regelmäßig, aber mehr war zwischen uns noch nicht passiert. Ich wollte ihr erstes Mal zu etwas Besonderem machen und keine schnelle Nummer schieben, während unsere Mutter nur ein paar Türen weiter war.

Ich hatte auch schon einen Plan. Wenn Mom mit Dad und Lilly wieder abgereist wäre, würde ich Ben bitten, Lissy ins Kino einzuladen, damit ich mit Paula ganz alleine in der Wohnung wäre. Dann würde ich für Paula ein Candle-Light-Dinner vorbereiten, romantische Musik spielen ...

Irgendwann musste ich wohl doch eingeschlafen sein, denn ich wurde durch laute Stimmen aus dem Hausflur wach.

»Ich gehe nicht mit! Sie können mich nicht dazu zwingen. Schließlich sind Sie nicht mein Vater«, protestierte Lissy laut.

»Lassen Sie Lissy sofort los!«, schrie Paula. Was war denn da los? Schnell sprang ich aus dem Bett, zog mir eine Hose über und griff nach einem über dem Stuhl hängenden Shirt, um den Mädchen zur Hilfe zu eilen.

Im Flur bot sich mir ein seltsames Schauspiel. Ein Mann mit einem unheimlich langen, grauen Bart und einem Käppchen auf dem Kopf zerrte an Lissys rechten Arm, während Paula an ihrem anderen Arm zog. Schnell ging ich dazwischen.

»Was ist hier los?«, fragte ich laut und versuchte mich zwischen den Fremden und die Mädchen zu drängen.

Der Mann sah fast aus, als sei ihm übel, als er mich erblickte.

»Melissa, ein Mann?«, fragte er ungläubig. »Was macht ein Mann, der nicht zu deiner Familie gehört in der Wohnung, in der du lebst? Ein Grund mehr, dich sofort nach Hause in die Gemeinde zu bringen. Ehe du noch etwas tust, das du später einmal bereuen wirst. Deine Jungfräulichkeit ist heilig und gehört deinem zukünftigen Ehemann, der dich sehnsüchtig erwartet.«

Lissy verdrehte genervt die Augen und ging dann zum Angriff über.

»Mein Leben und auch meine Jungfräulichkeit geht Sie gar nichts an, Pater Georg. Ich komme nicht zurück, niemals! Ich werde mein Studium hier beenden und dann irgendwo weit weg von der Gemeinde ziehen und ganz sicher werde ich nicht irgendeinen Mann heiraten, den ich noch nie gesehen habe und dessen Kinder aufziehen.«

»Du bist minderjährig, du kannst so etwas noch gar nicht entscheiden«, widersprach der komische Pater sich selbst.

»Ach, aber heiraten und Kinder aufziehen kann ich? Das ist ja auch genau das, was Minderjährige tun sollten«, antwortete Lissy mit stark sarkastischen Unterton.

»Aber zum Glück bin ich jetzt hier in New York und nicht in Uniontown und hier bin ich volljährig.«

»Du kommst mit nach Hause!«, beharrte der Pater.

»Ich bin hier zu Hause«, widersprach Lissy.

»Aber deine Eltern …«, versuchte der Pater, auf sie einzureden, aber Lissy ließ ihn nicht weiter sprechen.

»Meine Eltern werden damit leben müssen. Denn ich werde nicht zurückkommen. Niemals. Ich bin erwachsen, kann eigene Entscheidungen treffen und mir mein Studium zur Not selber erarbeiten, wenn sie mich nicht mehr unterstützen. Und nun gehen Sie endlich, sonst rufen wir die Polizei.« Demonstrativ griff sie nach ihrem Handy. »Ich habe zwei Zeugen, die alles bestätigen können, wenn Sie versuchen, mich gewaltsam mitzunehmen. Und freiwillig werde ich es sicher nicht tun. Eher schreie ich die ganze Straße zusammen.«

Endlich gab der Pater auf. Er fluchte recht unchristlich, drohte Lissy noch ewige Verdammnis und den Ausschluss aus der Kirche an und ging dann endlich. Ich bewunderte sie wirklich für ihre Stärke. Sie hatte für sich gekämpft und gewonnen. Zwar fing sie an zu weinen, als die Tür hinter diesem komischen Pater zu fiel, aber wahrscheinlich war das nur die Erleichterung. Paula tröstete sie und ich zog mich zurück, um den beiden etwas Ruhe zum Reden zu lassen. Hoffentlich hatte sie nun zukünftig Ruhe vor dieser komischen Kirche.

Paula - Noch ein Gast

Leise verließ ich mein altes Zimmer, das nun Lissy gehörte und hoffte, sie könne nun in Ruhe schlafen. Nach dem Besuch dieses furchtbaren Paters, der sie mitnehmen wollte, hatte sie einen regelrechten Zusammenbruch und ich war mir furchtbar hilflos vorgekommen, weil ich nichts tun konnte, außer bei ihr zu sein und ihre Hand zu halten. Obwohl sie dem Pater gegenüber gesagt hatte, sie würde es auch ohne die Hilfe ihrer Eltern schaffen, so machte sie sich nun doch Gedanken darüber, wie es, ohne deren finanzielle Unterstützung klappen könnte. Außerdem war ihre Angst groß, der Pater könnte auf die Idee kommen, die Kinder aus der Pflegefamilie zu holen, um die Tante nach dem Krankenhausaufenthalt zur Rückkehr in die Gemeinde zu zwingen.

Wir hatten nach einem kurzen Telefonat mit Lissys Tante, die keinesfalls dorthin zurück wollte, bei den Pflegeeltern angerufen, um sie zu warnen, falls der Pater bei ihnen auftauchen würde. Sie hatten versprochen, ihn keinesfalls in die Nähe der Kinder zu lassen und notfalls die Polizei zu informieren.

Im Anschluss daran konnte ich Lissy endlich überreden, sich etwas hinzulegen. Nun schlief sie zum Glück und ich war wirklich froh darüber. Der Tag war lang und anstrengend gewesen. Der erste Tag nach dem Brand, an dem sie wieder zur Uni gegangen war. Jeder starrte sie an, da sie nun keine langen Haare mehr hatte. Ihre Frisur sah im Moment eher wie ein Militärhaarschnitt aus. Wenn sie Lissy gleich nach dem Brand gesehen hätten,

hätten die Leute noch blöder geguckt. Da sie eine kleine Brandwunde am Kopf gehabt hatte und ihre Haare versenkt gewesen waren, war nichts anderes übrig geblieben, als ihr die Haare komplett abzurasieren, nun waren sie ja schon wieder etwas nachgewachsen.

Die neugierigen Blicke, die sie heute ertragen musste, kannte ich auch nur zu gut. Als Alexander und ich am ersten Tag nach der Katastrophe wieder zur Uni gegangen waren, war es uns nicht anders ergangen. Jeder starrte uns an und durchbohrte uns mit neugierigen Blicken. Dabei waren wir nicht einmal die einzigen Studenten, die ihr Zuhause und ihr ganzes Hab und Gut verloren hatten. Es waren einige Studentenwohnungen in den abgebrannten Häusern gewesen. Allerdings waren wir die Einzigen, die mit Catherine zusammen gewohnt hatten. Jeder wusste aus der Zeitung, was sie getan hatte, oder dachte es zumindest. Dabei war vieles davon reine Spekulation. Noch immer untersuchten die Polizei und die Brandermittler, ob die Explosion zu diesem Zeitpunkt absichtlich von ihr ausgelöst worden war oder ob das Ganze zu früh hochgegangen war.

Fast jeden Tag gab es irgendwelche Neuigkeiten dazu in der Presse, von denen nicht einmal die Hälfte stimmte. Leider entwickelte wohl jeder Student seine eigene Meinung oder Theorie zu den Ereignissen und wollte sie unbedingt mit uns besprechen, egal, ob wir das wollten oder nicht. Nun, da Lissy wieder da war und noch dazu kaum sichtbar verletzt, heizte die Gerüchteküche wieder an. Einige vermuteten sogar, dass wir Catherine in den Selbstmord getrieben hätten.

Lissy hatte schon vor dem Besuch dieses komischen Paters, für mich war er eher ein Sektenführer als ein Mann Gottes, überlegt, ob sie und ihre Tante nicht besser New York verlassen sollten, damit diese Kirchenleute sie nicht so schnell wieder finden würden. Nun war die Angst groß, sie könnte das wirklich tun. Ich konnte mir mein Studium ohne sie gar nicht mehr vorstellen. Aber es musste doch eine andere Lösung geben, ihre Tante zu unterstützen, als gleich mit ihr die Stadt zu verlassen. Natürlich würde es schwer für Lissys Tante werden, schwanger und mit drei Kindern einen Job zu finden, von dem sie eine Wohnung in New York finanzieren könnte. Aber ehe sie das Krankenhaus verlassen konnte, musste sie sowieso erst einmal wieder fit werden. Im Moment war gar nicht daran zu denken. Die Gefahr, das Baby zu verlieren, war viel zu groß.

Ich beschloss, später mit Mom darüber zu reden, wie man Lissys Tante vielleicht helfen konnte. Almosen wollte sie nicht, das hatte sie schon ganz klar gemacht, als Mom ihr ein Einzelzimmer im Krankenhaus zahlen wollte. Sie lehnte alle Hilfe für sich ab und nahm nur für die Kinder welche an. Vielleicht gab es ja in Aptos im Krankenhaus oder dem Elternhaus einen Job für sie. Dort wurden eigentlich immer Hilfskräfte gebraucht und dort wären sie weit genug weg von dieser Gemeinschaft.

Ein Klingeln an der Haustür riss mich aus meinen Gedanken. War das etwa schon wieder dieser Pater? Ich rief nach Mom und Alexander, doch keiner von beiden war da. Wahrscheinlich war Mom noch nicht von ihrem Termin im Verlag zurück. Es gab ein kleines Problem wegen ihrem nächsten Buch und da sie gerade in der

Stadt war, wollte sie das lieber persönlich klären und Alex war vermutlich bereits auf dem Weg in die Klinik. Langsam näherte ich mich der Tür und sah auf den kleinen Bildschirm der Überwachungskamera, auf dem man jeden Gast sehen konnte, eine mir völlig unbekannte Frau mittleren Alters stehen. Ob die wohl auch zu der Kirchengemeinde gehörte? Eigentlich sah sie nicht so aus.

»Hallo?«, meldete ich mich über die Sprechanlage.

»Hallo, ich bin Jennifer Dyson, Catherines Mutter. Darf ich hochkommen? Ich möchte mit Ihnen reden, Miss Baker.«

Ich zögerte, ehe ich ihr erlaubte hochzukommen. Was sollte ich tun, wenn sie genauso verrückt wie ihre Tochter war und mir vielleicht die Schuld an Catherines Tod gab? Außerdem wunderte ich mich, wie sie uns hier finden konnte. Gab es irgendwo Hinweisschilder für Verrückte, die alle zu uns führten? Der Pater hatte ja auch einfach vor der Tür gestanden.

»Bitte, Miss Baker. Ich möchte mich bei Ihnen und Ihrem Bruder nur für alles entschuldigen, was Catherine Ihnen angetan hat«, bat sie nach einiger Zeit, in der ich nichts sagte und ihre Stimme klang ehrlich für mich. Trotzdem war da die Angst. Ich ließ sie zwar ins Haus, nahm aber mein Handy heraus und tippte schon einmal die 911 ein und behielt das Telefon vorsichtshalber in der Hand, um zur Not, sofort Hilfe zu rufen.

Mrs. Dyson sah aus wie eine ältere Ausgabe von Catherine. Es war fast unheimlich, das zu sehen, vor allem, weil Catherine nun niemals älter werden würde.

»Ich danke Ihnen, dass sie mich hereinlassen, Miss Baker«, fing sie das Gespräch an, nachdem ich sie durch den Flur in das riesige Wohnzimmer geführt hatte.

»Ich weiß gar nicht, warum ich das getan habe, Mrs. Dyson«, gab ich ehrlich zu. »Nach allem, was passiert ist, wundere ich mich einfach, Sie hier zu sehen. Darf ich fragen, woher Sie diese Adresse haben?«

»Ich habe mich im Universitätsbüro nach Ihrer neuen Anschrift erkundigt. Dort hat man mir netterweise gleich Auskunft gegeben. Ich hätte sonst auch nicht gewusst, wie ich Sie hätte finden sollen«, erklärte sie. Wir mussten unbedingt mit den Unisekretärinnen reden, durften die überhaupt so einfach unsere Adresse herausgeben? Wahrscheinlich hatte dieser Pater uns auch so gefunden.

»Und weshalb haben Sie nach uns gesucht?«, fragte ich nach.

»Das ist eine lange Geschichte«, erklärte sie und ich bat sie, sich doch zu setzen und alles zu erzählen. Obwohl ich mir gar nicht sicher war, ob ich das nun hören wollte.

»Darf ich Sie Ihnen bitte erzählen, auch wenn ich weit ausholen muss?«, fragte sie und nach einem kurzen Zögern nickte ich schließlich. »Ich habe schon seit Anfang des Semesters nach Catherine gesucht, da sie urplötzlich den Kontakt zu mir abgebrochen hatte. Das hat sie schon zwei Mal getan und es war immer ein schlechtes Zeichen. Bei mir haben sofort die Alarmglocken geläutet, aber ich konnte aus beruflichen Gründen nicht nach New York kommen und bereue das nun sehr.

Hätte ich gewusst, dass Catherine es geschafft hatte, in diese Wohnung zu ziehen, wäre ich sofort gekommen, aber ich ahnte es wirklich nicht.«

»Warum war ihr ausgerechnet diese Wohnung so wichtig?«, fragte ich nach. Bisher konnte ich das immer noch nicht verstehen.

»Sie haben früher dort gewohnt? Zumindest hat sie das behauptet, aber ich verstehe nicht, was an der Wohnung so wichtig für sie war.«

Mrs. Dyson seufzte und es schien sie Kraft zu kosten weiter zu reden, aber schließlich tat sie es und ich konnte kaum glauben, dass diese Geschichte der Auslöser für Catherines Tat sein sollte.

Das Ehepaar Dyson hatte die Wohnung vor zwanzig Jahren kurz nach ihrer Hochzeit gekauft. Catherine war dort aufgewachsen, bis sie acht Jahre alt gewesen war. Im letzten Jahr dort, hatte die Beziehung ihrer Eltern immer mehr gelitten, da Mr. Dyson spielsüchtig gewesen war und alles Geld verspielte, das seine Frau mühsam verdiente. Irgendwann hatte er überall Schulden und die Wohnung wurde von der Bank zwangsversteigert. An dem Tag, an dem die Familie die Wohnung verlassen musste, erhängte sich Catherines Vater auf dem Dachboden des Hauses.

»Catherine kam mit dem Verlust ihres Zuhauses und ihres Vaters, der für sie der große Held gewesen war, absolut nicht klar«, erzählte Mrs. Dyson weiter. »Sie gab mir die Schuld am Verlust der Wohnung und am Tod ihres Vaters. Wie sollte ich ihr mit acht Jahren auch klar machen, dass er alles selbst verschuldet hatte?« Hilflos zuckte sie mit den Schultern. »Ich habe alles versucht, damit sie mit der Situation klar kam, sie war in psychologischer Behandlung, aber trotzdem wurden ihre Wutanfälle und Wahnvorstellungen von Jahr zu Jahr schlimmer. Mit sechzehn ist sie dann das erste Mal verschwunden und hat versucht, sich das Leben zu nehmen, weil sie das Haus nicht wieder finden konnte. Danach war sie sechs Monate in der geschlossenen Psychiatrie. Nach ihrem Aufenthalt dort schien es ihr besser zu gehen.« Nun seufzte sie. »Ich glaubte wirklich, sie hätte es geschafft. Aber in ihrem letzten Highschooljahr verschwand sie wieder. Die Polizei fand sie später, als sie versuchte, in die alte Wohnung einzubrechen.«

Ich konnte kaum glauben, was Catherines Mutter da alles erzählte. War Catherine wirklich ernsthaft psychisch krank gewesen? Natürlich verhielt sie sich oft unmöglich, aber das hatte doch niemand von uns bemerkt? Ihre Mutter tat mir unendlich leid. Warum musste sie so viel durchmachen in ihrem Leben? Wie viele Verluste konnte ein Mensch verkraften?

Alexander - Zweisamkeit

Müde aber glücklich verließ ich die Klinik um fünf Uhr morgens. Der Tag oder besser gesagt die Nacht war lang gewesen. Eigentlich hätte ich gestern Abend nur alles gezeigt bekommen sollen, aber eine Nachtschwester war ausgefallen und so war ich gleich die ganze Nacht geblieben. Ein sehr netter Kollege hatte mir alles gezeigt und erklärt und so war die Zeit wie im Flug vergangen. Natürlich würde es noch etwas dauern, bis ich alles allein machen konnte, aber in dieser ersten Nacht konnte ich schon viel lernen. Nun wollte ich nichts weiter als nach Hause, schnell unter die Dusche und dann ins Bett. Ich war hundemüde.

Die nächsten Tage würden hart werden. Nach drei Nachtdiensten hintereinander wollte ich unbedingt noch an zwei Tagen zur Uni, um nicht alle Vorlesungen zu verpassen. Die Umstellung von Tag auf Nacht würde wahrscheinlich ein großes Problem werden, aber zum Glück hatte ich nur eine Woche im Monat Nachtdienst und mein Professor versprach mir, ich würde keine Probleme bekommen, wenn ich in der Nachtdienstwoche nicht zur Uni käme. In den anderen Wochen verpasste ich nur einen Tag, da ich meine Tagdienste auf Freitag, Samstag und Sonntag legen konnte. Wenn ich freitags Spätdienst hatte, würde ich sogar nur ein Seminar ausfallen lassen müssen. Freizeit würde allerdings wohl ein Fremdwort für mich werden.

Hoffentlich würde Paula noch im Bett liegen, wenn ich gleich zu Hause ankam. Ich wollte so gern noch etwas mit ihr kuscheln, ehe sie zur Uni musste. Nachdem sie die letzten Nächte immer in meinen Armen schlief, würde sie mir heute bestimmt fehlen. Sie hatte mir gestern auch eine Nachricht geschrieben, dass das Bett ohne mich so leer war und sie deshalb nicht schlafen konnte. Leider konnte ich ihr nur in der Pause antworten und dann kam nichts mehr zurück. Wahrscheinlich schlief sie dann doch und meldete sich deshalb nicht mehr. Der Besuch des Paters gestern und ihre Sorge um Lissy, hatten sie ganz schön mitgenommen.

Als ich in der Wohnung ankam, war noch alles ruhig, aber es war ja auch noch nicht einmal sechs Uhr früh. Ich ging leise in unser Zimmer, um mir frische Sachen zu holen. Paula lag auf meiner Seite des Bettes und hielt mein Kopfkissen ganz fest im Arm, bei diesem Anblick wurde mir warm ums Herz. Scheinbar hatte ich ihr heute Nacht wirklich gefehlt. Ich war extra leise, um sie bloß nicht zu wecken, aber scheinbar ohne Erfolg, denn kaum schloss ich den Schrank wieder, hob Paula den Kopf und lächelte mich an.

»Guten Morgen«, murmelte sie verschlafen. »Wie spät ist es?«

»Noch vor sechs Uhr«, antwortete ich ihr. »Du kannst also ruhig noch etwas schlafen.« Sie musste heute schließlich erst um zehn Uhr zu ihrem ersten Kurs.

»Kommst du noch etwas kuscheln?«, fragte sie gähnend und wurde rot. »Du hast mir gefehlt. Duschen kannst du auch später noch.« Diesen Wunsch konnte ich ihr natürlich nicht abschlagen. Ich sehnte mich sowieso sehr nach ihrer Nähe. Schnell zog ich mich bis auf die Boxershorts aus und legte mich zu ihr unter die Decke. Es war so herrlich warm und ich schmiegte mich sofort an sie und inhalierte ihren wunderbaren Duft. Ich könnte ewig hier liegen und sie einfach im Arm halten. Allerdings schien kuscheln heute nicht genug für Paula zu sein. Schnell wanderten ihre Hände nicht nur über meinen Oberkörper, sondern näherten sich immer mehr dem Rand meiner Shorts. Allein diese doch noch sehr unschuldigen Berührungen erregten mich sehr. Wenn Paula wüsste, wie sehr ich sie begehrte, würde sie bestimmt nicht so weiter machen. Noch immer glaubte ich nicht, dass sie schon bereit für ihr erstes Mal war. Dafür war in letzter Zeit einfach zu viel passiert und gerade jetzt schliefen Lissy und Mom nur ein paar Meter entfernt.

Doch Paula schien da im Moment gar nicht dran zu denken, ihre Hände wanderten nun nicht nur über den Rand der Hose, sondern sie strich absichtlich mit der Hand direkt über meinen Penis, der augenblicklich noch härter wurde. Was machte sie nur mit mir? Jedenfalls konnte ich nun nicht länger untätig da liegen. Ich drehte mich so zu ihr, dass ich besser an sie heran kam und küsste sie leidenschaftlich, während meine Hände unter ihr Schlafshirt glitten und Paulas zarte Haut ehrfürchtig streichelten. Ich streichelte mich immer höher, bis ich ihre Brüste erreichte und sie etwas knetete.

Paula stöhnte in den Kuss und schien es sehr zu genießen, als ich ihre Brustwarzen leicht zwirbelte.

»Ich will nicht länger warten«, sagte Paula, als wir unseren Kuss schließlich unterbrachen. Ihre Hand wanderte in meine Hose und ich stöhnte laut auf, als sie mit einem Finger über meine Eichel fuhr. Ich wollte ja auch nicht mehr warten, aber ob das jetzt der richtige Zeitpunkt war?

»Bist du dir sicher?«, fragte ich nach. »Wollen wir nicht warten, bis wir allein in der Wohnung sind?« Paula antworte nicht sofort, sondern pumpte meine Länge ein paar Mal auf und ab.

»Ja«, flüsterte sie dann. »Ich will dich endlich in mir spüren und die anderen schlafen noch tief und fest. Ich muss dir einfach ganz nah sein, um diesen ganzen Mist um uns herum zu vergessen.«

In meinem Kopf klingelten die Alarmglocken. War gestern noch etwas passiert? Doch noch bevor ich die Frage laut stellen konnte, verschloss Paula meinen Mund einfach mit einem Kuss. Immer wieder und wieder küssten wir uns und mein Hirn schaltete langsam ab. Während sie mich immer wieder küsste, nestelte sie an meiner Hose herum und zog diese prompt herunter. Ich wollte protestieren, da mich ihre Reaktion überraschte, allerdings kam ich nicht dazu. Für einen Sekundenbruchteil unterbrach sie den Kuss und zog ihr Schlafshirt aus und warf es neben das Bett. Paula nutzte diesen Überraschungsmoment aus und ging immer weiter. Weiter, wie ich es in dem Moment eigentlich wollte, aber bei dem Anblick ihres wunderschönen Körpers schaltete mein Verstand fast vollständig ab. Sie schien sich sehr sicher zu sein, obwohl sie damit meine Vorstellung vom ersten Mal völlig zerstörte. Es sollte doch etwas ganz Besonderes für sie werden und nun hatte ich das Gefühl, das sie keinen Aufschub dulden würde. Mir sollte es egal sein, denn ich begehrte sie. Meine Selbstbeherrschung bröckelte, als ihre Finger meinen Körper Millimeter für Millimeter einnahmen. ›Was war nur mit ihr los?‹ Dieser

Gedanke hämmerte immer leiser in meinem Kopf und mein Körper gewann die Überhand.

Kondome hatte ich zum Glück schon vor einigen Tagen vorsorglich besorgt und nun holte ich eines aus dem Nachtschrank und legte es bereit.

»Worauf wartest du noch?«, drängte Paula. Aber so schnell wollte ich es auch nicht machen. Da hatte ich viel zu viel Angst, ihr mehr wehzutun als nötig. Schließlich sollte ihr erstes Mal schön werden, auch wenn sie meine Pläne gerade völlig über den Haufen warf.

»Ich bin bereit«, bekräftigte sie noch einmal.

»Pscht ...«, hauchte ich ihr ins Ohr. »Nicht so schnell.«

Ich wollte keine Fünf-Minuten-Nummer mit ihr schieben, nicht beim ersten Mal. Sie sollte sich voller Freude an diesen Moment erinnern, zumindest hoffte ich, dass sie es könnte. Mit dem Mund erkundete ich ihren Körper, verwöhnte sie, so gut ich es konnte. An ihren Brustwarzen machte ich einen kurzen Halt, knabberte und nuckelte zärtlich an ihrer Verhärtung. Mit der Hand knetete ich ihre andere Brust, während mein Daumen über ihre Spitze hin und her rutschte. Sie wand sich unter mir, drängte ihren Unterleib immer dichter an meinen. Ich konnte ihr Verlangen spüren, wusste aber auch, dass ich sie noch nicht erlösen wollte. Sie sollte sich hundert Prozent sicher sein, dass jetzt der richtige Zeitpunkt war. Immer wieder beobachtete ich ihre Reaktionen. Paula stöhnte leise auf und bewegte sich immer schneller unter mir. Meine Angst ließ mich zögern, ich wollte ihr nicht wehtun, das schien ihr allerdings egal zu sein.

»Bitte, Alexander«, stöhnte sie. »Ich will dich jetzt.«

»Bist du dir ganz sicher?«, fragte ich sie noch einmal. Wahrscheinlich würde sie mich gleich schlagen, wenn ich so weiter machen würde. Aber ich wollte einfach, dass sie sich sicher war.

»Ja Alexander, ganz sicher. Ich brauche dich jetzt.« In ihren Augen blitzte das pure Verlangen auf. Ich wollte sie jetzt nicht enttäuschen. Bevor es so sein sollte, spielte ich noch ein wenig mit dem Zeigefinger in ihr, um Paula darauf vorzubereiten. Sie wimmerte und flehte, doch endlich ihren Wunsch zu erfüllen. Nur langsam kam ich diesem nach. Meine Hand fuhr langsam über ihren Bauch bis hin zu ihrer Brust, knetete diese noch einmal kurz und setzte mich auf. Das Kondom hatte ich bereits vom Nachtschrank geangelt und mein ganzes Gewicht lag auf meinen Knien. Mit großen leuchtenden Augen sah Paula auf meine Erregung. Mir kam es vor, als wenn kleine Flammen in ihren Augen tanzten oder war es das Verlangen? Egal, mir kam es vor, als wenn mein Gehirn immer langsamer denken konnte. Routiniert zog ich das Kondom über mein Glied, während Paula mir interessiert zuschaute. »Das nächste Mal mache ich es«, flüsterte sie erregt. Allein der Gedanke jagte mir wohlige Schauer über den Rücken. Mein Körper durchlebte Wechselbäder zwischen Feuer und Eis, atmen war kaum noch möglich, so sehr wollte ich Paula. Ihr ging es offensichtlich genauso, denn kaum saß die Gummischicht richtig an seinem Platz, griff sie zu und ihr Daumen spielte mit meiner empfindlichsten Stelle. Ich atmete tief ein und bemühte mich, nicht gleich zu kommen. Paula machte es mir nicht leicht. Ich rutschte nach hinten, damit sie mich nicht mehr reizen konnte, allerdings hatte ich wohl vergessen, dass sie nicht so schnell aufgab und fester zufasste. Ein Schauer durchlief meinen Körper, der meine Beherrschung endgültig bröckeln ließ.

»Bitte Paula, nicht«, flehte ich nun. Mit einem heiseren Lachen, welches mich noch mehr erregte, ließ sie die Hand sinken und schaute mich begehrensvoll an. Ich veränderte meine Position und kniete nun zwischen ihren Beinen. Meine Hände wanderten unter ihren Po und hoben diesen an. Ohne darüber nachzudenken, küsste ich ihre Perle zärtlich und spielte kurz mit der Zunge daran. Dann richtete ich mich auf und schob meine Männlichkeit langsam näher an sie heran. »Sag mir bitte, wenn ich aufhören soll. Auch wenn ich es nicht möchte, könnte es wehtun.« Da war sie wieder, meine Angst, Paula ungewollt Schmerzen zuzufügen. Ungeduldig nickte sie nur und drängte sich an mich. Im Schneckentempo drang ich in sie ein, anfangs nur wenige Millimeter, bevor ich meine Hände wegzog und mich auf sie legte. Plötzlich stockte mir der Atem, Paula hatte sich ruckartig bewegt und ich steckte tief in ihr. Sie presste ihre Lippen aufeinander und stöhnte. Voller Schreck riss ich die Augen groß auf.

»Alles okay?« Ängstlich blickte ich sie an.

»Ja, es ist wundervoll.« Sie lächelte verzückt und begann sich unter mir zu bewegen. Diese Enge machte mich wahnsinnig und ich lief Gefahr, meinen Verstand zu verlieren. Sie legte ihre Hände an meinen Kopf und zog diesen zu sich herunter, wir küssten uns wie noch nie zuvor. Immer schneller bewegte sie sich unter mir und ich verlor meine Beherrschung. Ich passte mich ihrem Tempo an. Gemeinsam erreichten wir den Höhepunkt, bevor wir es richtig genießen konnten. Keuchend und stöhnend lagen wir aufeinander und wollten uns nicht trennen. Nur wenige Sekunden später schob ich meine Hand zwischen uns und massierte ihre Perle, um sie wieder zu stimulieren. Das hätte ich mir schenken können, denn erneut flammte das Verlangen auf und diesmal konnten wir das erste Mal richtig genießen.

Wir lagen eng aneinander gekuschelt im Bett und streichelten uns immer wieder. Meine Angst war total unbegründet gewesen.

»Danke, Alexander«, flüsterte Paula und küsste mich zärtlich. »Das war wirklich wunderschön.«

»Für mich auch, mein Engel. Ich liebe dich«, antwortete ich und kuschelte mich noch enger an sie.

Paula - Ein schöner Morgen?

Ich lag völlig entspannt in meinem Bett und beobachtete Alexander glücklich beim Schlafen. Ab und zu runzelte er leicht die Stirn oder verzog den Mund zu einem leichten Lächeln. Am liebsten wäre ich noch stundenlang hier liegen geblieben und hätte gewartet, bis er aufwachen würde. Leider ging das nicht, da es in fünf Minuten Zeit zum Aufstehen war, deshalb erhob ich mich lieber vorsichtig und schaltete den Wecker ab, ehe dieser ihn wecken konnte.

Er brauchte seinen Schlaf nun wirklich. Es war wirklich nicht meine Absicht gewesen, ihn nach seiner Nachtschicht zu verführen, aber nun, da es passiert war, würde ich mein erstes Mal als perfekt beschreiben. Alex war so zärtlich und rücksichtsvoll gewesen, dass ich ihn fast noch mehr liebte als zuvor. Von sich aus hätte er diesen Schritt wahrscheinlich noch lange nicht gemacht. Immer hatte er Angst, er könnte mich verletzen. Ehe ich ins Bad ging, nahm ich meine bereitgelegten Klamotten für den Tag auf den Arm und blieb noch kurz vorm Bett stehen, um ihm vorsichtig einen Kuss auf den Mund zu hauchen, ohne ihn dabei zu wecken.

Am liebsten würde ich hier stehen bleiben und ihn beobachten, bis er von selbst aufwachen würde, aber ein Blick auf die Uhr brachte mich ins Hier und Jetzt zurück. Ohne es zu bemerken, stand ich nun schon fast zehn Minuten hier herum. Ich beeilte mich, ins Bad zu kommen, und erledigte Duschen und Anziehen im Eiltempo, um mich wenig später mit meiner Mutter und Lissy in der Küche zu treffen. Wir frühstückten jeden Morgen gemeinsam, solange sie hier war.

»Guten Morgen«, rief ich laut. Und bekam ein zweistimmiges »Guten Morgen, Paula.« zurück.

»Deine Haare solltest du aber noch föhnen, Paula«, meinte meine Mutter fürsorglich, als ich sie kurz umarmte. »Draußen schneit es.« Wahrscheinlich würde Mom nie aufhören, uns zu bemuttern, aber irgendwie genoss ich dieses Gefühl auch. Sie war einfach immer für uns da. Wie ich an Lissys Familie sehen konnte, war das keine Selbstverständlichkeit.

Ich wollte nun unbedingt mit Mom über Lissys Tante reden. Gestern hatte ich das vergessen, denn der Pater und Catherines Mutter waren Gesprächsthema genug gewesen. Ich durfte mir einiges von den beiden anhören, weil ich Mrs. Dyson einfach so in die Wohnung gelassen hatte. Schließlich hätte sie auch genauso durchgeknallt sein können wie ihre Tochter.

»Mom?«, fragte ich sie mit der Stimme, die ich immer benutze, wenn ich etwas unbedingt haben wollte.

»Was kostet es?«, fragte sie auch gleich lachend zurück.

»Es ist nichts, das du mir kaufen sollst. Aber mir kam gestern eine Idee, die ich gern mit dir besprechen würde. Es geht um Lissys Tante und die Kinder.« Ich erzählte Mom von meinem Plan und sie schien durchaus nicht abgeneigt zu sein.

»Ich bespreche das am Freitag mal mit deinem Vater«, versprach sie mir. »Wir könnten eine Hausmutter für das Eltern- und Geschwisterhaus brauchen, die sich um die vielen Kleinigkeiten kümmert, die so anfallen. Eine Wohnung in Aptos, in der sie mit den Kindern wohnen könnte, ließe sich sicher auch finden. Also ich denke, da ließe sich wirklich etwas machen.« Lissy hörte begeistert zu. Wenn alles so klappen würde, wie ich mir das ausgedacht hatte, dann müsste Lissy sich nicht mehr für ihre Tante verantwortlich fühlen. Und in den Ferien könnte sie einfach mit uns zusammen nach Aptos reisen, um sie zu besuchen.

»Ansonsten könnte sie ja auch in der Klinikküche helfen oder in der Kinderbetreuung für die Besuchskinder«, schlug ich vor. Im Laufe der Jahre war fast ein kleiner Kindergarten entstanden, damit die Geschwister oder Kinder der Patienten auch mal außerhalb der Klinik sein konnten, während ihre Angehörigen bei den Patienten waren. Mom hatte auch noch zwei andere Ideen, was Lissys Tante in der Klinik tun könnte und dann fiel ihr sogar ein freies Haus ein, das gerade zur Vermietung stand und genau für die Familie passen könnte. Lissy lauschte gespannt unseren Ideen und war ganz begeistert. Eigentlich wäre es die ideale Lösung. Vorausgesetzt ihre Tante könnte sich vorstellen, nach Aptos zu ziehen.

»Vor allem ist es schön weit weg von der Gemeinde und niemand von denen wüsste dann, wo er sie finden könnte«, erklärte sie begeistert. Nach dem Frühstück machten Lissy und ich uns bereit, um zur Uni zu fahren. Von hier aus brauchten wir ja viel länger, als von der alten Wohnung. Außerdem wollte ich vor der ersten Vorlesung unbedingt noch ins Sekretariat, um mich zu beschweren. Schließlich konnten sie nicht einfach die Adressen an wildfremde Leute heraus geben.

»Irgendetwas ist heute anders an dir«, meinte Lissy unterwegs.

»Was soll anders sein?«, fragte ich und musste ein Grinsen unterdrücken. Sie konnte doch nicht ahnen, was Alex und ich heute Morgen getan hatten. Oder hatte sie uns vielleicht gehört? Eigentlich waren wir nicht wirklich laut gewesen. Zumindest glaubte ich das nicht, auch wenn ich es nicht beschwören konnte.

»Ja, gestern Abend warst du noch so grüblerisch und hast über Catherines Mutter nachgedacht und heute Morgen hast du auf einmal so gute Laune. Du bist zwar sonst auch kein wirklicher Morgenmuffel, aber besonders gesprächig bist du um diese Zeit sonst auch nicht.«

Lissy kannte mich wirklich schon verdammt gut.

»Nun erzähl schon. Habt ihr?«, bohrte sie weiter und ich merkte, wie ich rot anlief.

»Ja, heute Morgen«, flüsterte ich.

»Und, wie war es für dich?« Sie grinste mich an.

»Schöner könnte es gar nicht sein«, antwortete ich aus tiefster Überzeugung.

»Das merkt man«, kicherte Lissy und zum ersten Mal seit dem Unglück, waren wir beide wieder völlig unbeschwert. Wir alberten den ganzen Weg bis zur Uni herum und ließen uns die Laune auch im Sekretariat nicht verderben, als die Frau dort meinte, wir sollten uns wegen der Herausgabe der Adressen nicht so anstellen. Ich schaffte es, ohne laut oder böse zu werden, ihr klar zu machen, was deshalb alles hätte passieren können. Schließlich begriff sie endlich, was sie falsch gemacht hatte und entschuldigte sich sogar. So könnte der Tag weiter gehen.

Und irgendwie ging der Tag tatsächlich so weiter. Eine der Cheerleader war schwanger vom Teamcaptain der Basketballmannschaft und so leid sie mir tat, ich war fast froh darüber. Denn nun waren die beiden das Hauptgesprächsthema und kaum einer beachtete uns noch. In der Mittagspause konnten wir sogar zum ersten Mal seit dem Brand wieder in der Schlange stehen, ohne dass hinter unserem Rücken getuschelt wurde.

Wir setzten uns an einen freien Tisch am Rand und aßen unseren Salat. Der war immer gut und frisch in der Mensa, während das Mittagsgericht heute aussah, als wäre es schon einmal gegessen worden. Lissy und ich redeten über eine Hausarbeit, die wir für Professor Stone machen mussten, als auf einmal Ben neben mir stand.

»Darf ich mich setzen?«, fragte er.

»Na klar, setz dich«, antwortete ich sofort, während Lissy auf einmal etwas verlegen und leicht nervös wirkte. So kannte ich sie gar nicht, normalerweise ging sie mit ihm immer ganz locker um. Ob da wohl irgendetwas vorgefallen war? Ich beschloss, sie später danach zu fragen. Aber vielleicht war es auch nur, weil sie ihn seit dem Brand nicht gesehen hatte und er war immerhin Catherines Ex-Freund.

»Eigentlich könnte ich einen Aufsatz für meinen Psychologie-Prof über das Verhalten der Studenten in der Mensa schreiben«, meinte Ben plötzlich. »Kaum gibt es einen neuen Skandal, wird der alte uninteressant. Das ist ein typisch menschliches Verhalten und außerdem hält es mich davon ab, weiter über Catherine und ihre Beweggründe nachzugrübeln.«

Ben tat mir unheimlich leid, aber ich wollte ihm nicht hier in der Mensa erzählen, was ich von Catherines

Mutter erfahren hatte. Außerdem wollte ich zuerst mit Alexander darüber sprechen, ehe ich Ben das Ganze sagte. Schließlich deutete alles darauf hin, Catherine wäre nur mit ihm zusammen gewesen, weil er in dieser Wohnung lebte. Auch wenn er zum Schluss nicht mehr mit ihr zusammen gewesen war, so fürchtete ich doch, ihn damit hart zu treffen.

»Morgen ist Catherines Beerdigung und ich weiß nicht, ob ich da hingehen soll«, meinte Ben gerade. Davon wusste ich noch gar nichts und ich wunderte mich, weil ihre Mutter gestern nichts davon erwähnte. Schließlich hatte sie mir Catherines komplette Lebensgeschichte erzählt. Aber vielleicht traute sie sich gerade deshalb nicht, zu fragen, ob ich kommen würde. Lissys Onkel war in der Heimatgemeinde ihrer Kirche beigesetzt worden, als Lissy und ihre Tante noch im Krankenhaus lagen. Aber keine der beiden verlor ein Wort darüber.

Der andere Tote war wohl auch schon bestattet worden, aber niemand von uns hatte eine Ahnung wann und wo. Einen Gedenkgottesdienst gab es unseres Wissens nach nicht. Dafür hatten viele Anwohner Blumen und Kerzen vor der Brandruine aufgestellt. Sowie das Gebäude freigegeben würde, wollte die Eigentümergemeinschaft neu bauen. Bisher waren die Ermittlungen aber noch nicht abgeschlossen.

»Vielleicht hilft es dir abzuschließen, wenn du dorthin gehst«, meinte Lissy nach einer kurzen Pause. »Ich weiß ja nicht, ob du noch Gefühle für sie hast ...«

»Keine guten«, unterbrach Ben sie. »Ich schwanke zwischen Hass und Mitleid für sie. Wie verzweifelt muss man sein, um so etwas zu tun?«

»Vielleicht würde dir die Beerdigung wirklich helfen. Die Vergangenheit lässt sich nicht ändern, aber man muss lernen, sie loszulassen, damit sie einen nicht weiter verletzt«, überlegte Lissy laut.

Wie Recht sie mit dieser Aussage hatte, konnte man ja an Catherine sehen. Sie hatte die Vergangenheit nicht loslassen können und letztendlich war sie daran zerbrochen. Ich musste Ben unbedingt die ganze Geschichte erzählen, damit er sich damit auseinandersetzen konnte. Egal wie hart das im ersten Moment für ihn wäre, es würde ihm im Endeffekt sicher helfen.

Paula - die Beerdigung

Nervös lief Alex auf und ab.

»Ich bin mir immer noch nicht sicher, ob das eine gute Idee ist«, erklärte er zum dritten Mal an diesem Morgen. »Was ist, wenn Catherines Mutter doch wie ihre Tochter ist?« Mom, Lissy und ich wollten zusammen mit Ben zu Catherines Beerdigung gehen und das gefiel ihm absolut nicht.

»Ich habe mich gestern noch lange mit Jennifer unterhalten und sie ist in Ordnung, Alexander. Nun fange bitte nicht noch einen Streit an«, sagte Mom vorwurfsvoll. Sie hatte sich gestern mit Catherines Mutter getroffen und nun duzten sie sich. Als Alex von dem Besuch von Catherines Mutter erfuhr, war er schrecklich wütend geworden, weil ich sie einfach so in die Wohnung gelassen hatte. Wir stritten deshalb zum ersten Mal seit Jahren miteinander.

Mittlerweile waren wir zwar schon längst wieder miteinander versöhnt, vor allem nach dem Mom sich gestern mit Mrs. Dyson getroffen hatte. Zur Beerdigung sollte ich seiner Meinung nach aber trotzdem nicht gehen.

Er wollte mich natürlich nur beschützen und ich konnte ihm deshalb nicht wirklich böse sein. Ich war mir sicher, er gab Ben auch schon genaue Instruktionen, denn die beiden unterhielten sich noch allein auf dem Balkon, nachdem ich Ben alles, was ich von Jennifer erfahren hatte, erzählte. Ben war richtig geschockt, wie krank Catherine doch gewesen war. Aber wenigstens konnte er sich sicher sein, Catherine hatte sich am Anfang wirklich in ihn verliebt. Denn zu der Zeit lebte er gerade wegen Renovierungsarbeiten in der WG bei seinen Cousins. Aber nachdem er und später sie hier eingezogen waren, hatte sich ihr Verhalten immer mehr geändert. Nun ergab das alles einen Sinn.

»Geh ins Bett und mach dir keine Sorgen, Alex«, versuchte ich ihn zu beruhigen und gab ihm einen Kuss. »Wir sind auf einem Friedhof und außerdem zu viert. Uns wird nichts passieren.« Es wurde wirklich Zeit, dass er ins Bett ging, denn heute Abend war sein dritter Nachtdienst und er brauchte seinen Schlaf. Vor allem bei dem Pensum, das er sich vorgenommen hatte. Ich machte mir wirklich Sorgen, ob er sich nicht zu viel zumutete mit der Arbeit neben dem Studium. Wenn er das wie geplant durchziehen würde, hätte er kaum eine ruhige Minute in den nächsten Monaten.

Eine Stunde später standen wir bei strahlendem Sonnenschein auf dem ›Woodlawn Cemetery‹. Catherine sollte hier direkt neben ihrem Vater beerdigt werden.

»Ich habe ihn trotz aller Schwierigkeiten immer geliebt und genau wie er, verdient auch Catherine, die Erinnerung an die schönen Zeiten, auch wenn sie etwas Grausames getan hat. Sie wird immer in meinem Herzen bleiben. Ich wünschte nur, ich hätte sie aufhalten können«, hatte Catherines Mutter uns erklärt, als sie uns sagte, wann und wo Catherines Beerdigung genau sein würde und warum sie sich noch heute so gut um das Grab ihres Mannes kümmerte.

Ein Grabredner hielt eine kurze Ansprache, denn der Pfarrer der Gemeinde hatte sich geweigert, eine Mörderin und Selbstmörderin zu beerdigen. Auch er sprach von Verzeihen und vergeben nach dem Tod. Mein Verhältnis zu Catherine war nicht gut gewesen und deshalb konnte ich auch nicht wirklich um sie trauern, aber Ben schien das Ganze doch sehr nahe zu gehen. Auch wenn er nicht mehr mit ihr zusammengewesen war, er war schließlich mal in sie verliebt gewesen, wenn gleich sie am Ende wohl nicht mehr viel mit der Catherine gemein hatte, die er kennengelernt hatte. Der Hass musste sie regelrecht zerfressen haben.

Nachdem die Beerdigung vorbei war, lud Jennifer uns noch alle zum Essen ein. Eigentlich wollte ich schon ablehnen und Lissy schien es auch so zu gehen, aber da Mom und Ben gleich zusagten, gingen auch Lissy und ich schließlich doch mit. Es wurde dann ein überraschend fröhliches Essen, bei dem Mom und Jennifer, wie wir sie inzwischen alle nannten, viele Anekdoten erzählten. Mom erzählte sogar, wie sie Dad kennengelernt hatte, als er mein behandelnder Arzt war. Über das Thema sprachen die beiden sonst selten. Wahrscheinlich um mich nicht zu belasten, auch wenn ich so gut wie keine Erinnerungen an diese Zeit hatte.

Mein Grandpa hatte mir alles darüber erzählt, wie mein leiblicher Vater uns im Stich ließ, als ich im Koma lag. Und deshalb war da auch nie der Wunsch gewesen, ihn kennenzulernen. Wahrscheinlich könnte er heute auf der Straße an mir vorbei laufen und ich würde ihn nicht erkennen. Mom hatte mir zwar Fotos von ihm gegeben und nie ein schlechtes Wort über ihn verloren, aber ich hatte mit Dad den besten Vater, den man sich wünschen konnte. Mir fehlte nie etwas.

»Wenn Catherine es doch auch nur geschafft hätte, sich eine andere Vaterfigur zu suchen«, seufzte Jennifer, als ich ihr meine Gefühle erklärte. »Sie hat jeden Mann abgelehnt, den ich kennengelernt habe und daran ist auch jede neue Beziehung irgendwann gescheitert. Und jetzt traue ich mich gar nicht mehr, jemanden näher kennenzulernen. Ich werde wohl weiterhin alleine bleiben.«

Mir tat sie wirklich furchtbar leid. Sie hatte ihr eigenes Glück für ihre Tochter aufgegeben und nun war sie ganz allein.

»Aber nun lasst uns über etwas anderes reden«, forderte Jennifer uns auf. »Ich möchte kein Mitleid haben.« Dann erzählte sie uns von ihren Umzugsplänen. In New York erinnerte sie alles an Catherine und ihren Mann, und um wirklich abschließen zu können, wollte sie sich einen neuen Job suchen. Irgendwo weiter weg und ganz neu anfangen.

»Was machst du denn beruflich?«, fragte Mom interessiert.

»Ich bin Musiklehrerin an einer Highschool gewesen, bis Catherine krank wurde. Danach habe ich allerdings nur noch privaten Musikunterricht für Klavier und Keyboard gegeben. So konnte ich öfter für sie da sein. Als sie aufs College kam und ausgezogen war, wollte ich eigentlich wieder in den Schuldienst, aber ich habe keine passende Stelle gefunden.«

Ich ahnte sofort, was Mom durch den Kopf ging. Dad dachte schon lange über Musiktherapie für die Patienten nach, seit er bei einem Vortrag über die Wirkung von Musiktherapie besucht hatte. Aber bisher war einfach nicht die passende Kraft dafür gefunden worden.

»Hast du schon einmal mit behinderten Menschen gearbeitet?«, fragte Mom auch prompt. »Mein Mann ist Neurochirurg und leitet eine Rehaklinik.« Die beiden besprachen, dass Jennifer sich am Wochenende, wenn Dad hier wäre, mit meinen Eltern treffen würde, um zu besprechen, ob das etwas für sie wäre.

Ich lächelte darüber, das war einfach so typisch Mom. Immer versuchte sie, allen Leuten zu helfen. Sie wollte am Wochenende mit Dad auch zu Lissys Tante ins Krankenhaus, um mit ihr ebenfalls über einen Job zu sprechen.

Hoffentlich würde alles klappen. Für beide wäre Aptos eine echte Chance für einen Neuanfang.

Und es klappte. Dad kam wie versprochen am Freitag und als er mit Mom am Sonntag wieder abflog, flog Jennifer mit ihnen, um sich alles anzusehen. Als gebürtige New Yorkerin würde Aptos eine völlig neue Welt für sie sein und Dad hatte leise Zweifel, ob sie sich dort eingewöhnen könnte.

Für Lissys Tante, mit der Mom und Dad auch lange sprachen, um ihre Zweifel zu zerstreuen, würde das wahrscheinlich einfach werden, aber sie hatte vom Arzt strenge Bettruhe verordnet bekommen und würde erst nachkommen können, wenn das Baby auf der Welt wäre.

Die nächste Zeit rannte nur so davon und ehe wir uns versahen, stand Weihnachten vor der Tür. Wir lebten uns gut in der neuen Wohnung ein und wenn Alexander öfter Zeit gehabt hätte, wäre es perfekt gewesen. Aber ich sah ihn kaum und wenn, dann lernte er oder schlief. Wobei er viel zu wenig schlief und auch aß. Er sah langsam schon gar nicht mehr gesund aus. Er hatte mindestens fünf Kilo verloren und dicke Augenringe bekommen, aber egal, wie sehr ich versuchte, mit ihm über sein Pensum zu reden, er wiegelte einfach ab und behauptete, es ginge ihm gut und er würde das problemlos schaffen. Nach unserem wunderschönen ersten Sex hatte ich eigentlich erwartet, nun öfter mit ihm zu schlafen, aber Alexander war meistens nicht da oder viel zu müde. Langsam bekam ich wirklich Angst, es könne an mir liegen. Vielleicht hatte es ihm nicht gefallen?

Deshalb freute ich mich nun riesig auf unsere Weihnachtsferien in Aptos, morgen würde es endlich losgehen. Alex wollte zwar zuerst keinen Urlaub nehmen und tatsächlich Weihnachten in New York verbringen. Aber dann wäre ich auch dort geblieben, und das wollte er nicht. Mom, Dad und Lilli wären sonst sehr enttäuscht gewesen.

Leider wollte Lissy nicht mit nach Aptos kommen. Mom hatte sie eingeladen und ich hoffte wirklich, sie würde uns begleiten, aber sie lehnte leider ab. Zum einen wollte sie sich die Tickets nicht von meinen Eltern finanzieren lassen. Über das Thema hätte ich vielleicht sogar noch mit ihr diskutieren können, und zum anderen war da halt ihre Tante, die noch immer im Krankenhaus lag und deren Baby nun jederzeit kommen konnte. Lissy wollte Weihnachten mit ihr und den Kindern verbringen und dagegen konnte ich nun wirklich nichts sagen.

Ben wollte zwischendurch etwas mit ihr unternehmen, damit sie neben Familie und Arbeit auch noch etwas Zeit für sich hatte. Die beiden verstanden sich immer besser, aber beide beharrten darauf, nur Freunde zu sein. Ich hoffte ja noch immer, sie könnten ein Paar werden. Für mich passten sie einfach ideal zusammen und auch Alex war in der Sache meiner Meinung. Vielleicht würden sie sich ja näher kommen, wenn sie ganz ungestört wären.

Paula - Wieder in Aptos

Lilli zog unseren Vater am Arm zur Treppe. »Mein Strumpf muss noch aufgehängt werden, Dad!«, meckerte sie, die sich einfach nicht damit abfinden konnte, bis nach dem Abendessen damit warten zu müssen. Aber das war Tradition bei uns und Mom weigerte sich, etwas daran zu ändern. Dad wusste gar nicht, wie ihm geschah, denn er kam gerade erst aus der Klinik nach Hause.

»Lilli Baker! Lass deinen Vater in Ruhe. Sonst bringt Santa dir morgen gar nichts«, schimpfte Mom. Sie tat mir langsam richtig leid. Lilli war total überdreht, seit Alex und ich wieder zurück waren. Ob wir früher auch so gewesen waren?

Lilli schmollte zwar, gab dann aber doch endlich Ruhe. »Wie war es in der Klinik?«, fragte Mom, als wir uns an den Esstisch setzten. Auch wenn sie selbst nicht dort arbeitete, war sie doch ein Teil des Klinikalltags. Allein schon deshalb, weil sie den Kindern regelmäßig vorlas.

»Etwas chaotisch, durch die vielen Besucher und Beurlaubungen über die Feiertage«, erklärte Dad. Ich verstand sofort, was er meinte, denn es war jedes Jahr dasselbe an Weihnachten. Viele Angehörige versuchten, die Patienten zumindest über die Feiertage mit nach Hause zu nehmen und die, bei denen das nicht ging, bekamen viel mehr Besuch als sonst.

Lilli verstand es natürlich nicht.

»Warum?«, fragte sie interessiert. »Weil Jenny mit ihnen für die Weihnachtsfeier übt?« Lilli war fasziniert von Jennifer, die sich super in der Klinik eingelebt hatte. An ihren freien Tagen gab Jennifer Lilli Musikunterricht und die Kleine war mittlerweile schon richtig gut am Klavier. Sie hatte zwar vorher schon öfter mit Dad geklimpert, aber seit sie richtigen Unterricht bekam, machte sie riesige Fortschritte. Dad war halt Arzt und kein Musiklehrer, auch wenn er selbst ganz gut spielen konnte. Bei der morgigen Weihnachtsfeier für die Kinder, durfte Lilli auch ein Lied vorspielen und war unheimlich stolz deswegen.

»Noch ein glühender Jenny-Fan«, meinte Dad lachend. »Wer hätte das gedacht. Sie ist innerhalb von so kurzer Zeit dermaßen unentbehrlich für die Klinik geworden.«

»Und für Doktor Snow«, meinte Mom amüsiert. »Der überzeugte Junggeselle wurde eindeutig von Amors Pfeilen getroffen.«

Den Rest des Essens drehte sich das Gespräch weiter um die Klinik und Lillis Schulaufführung letzte Woche, die wir verpasst hatten. Das nahm die Kleine uns ganz schön übel.

»Warum müsst ihr so weit weg studieren?«, jammerte sie. »In Los Angeles gibt es doch auch eine Uni und dann könntet ihr jedes Wochenende nach Hause kommen.«

»Auch dann könnte ich nicht ständig nach Hause kommen, Kleines«, versuchte Alexander, ihr zu erklären. »Am Wochenende arbeite ich immer im Krankenhaus und in der Woche auch oft. Ich sehe Paula schon kaum und dabei wohnen wir zusammen.«

»Du siehst auch ganz schön erschöpft aus, Alex«, stellte Mom besorgt fest. »Meinst du nicht, du mutest dir etwas zu viel zu?« Ich selbst glaubte das auch, hatte ihm aber versprochen, das Thema nicht mehr anzusprechen, nachdem wir uns auf dem Flug hierher darüber gestritten hatten.

»Das geht schon, Mom«, versuchte Alex abzuwiegeln. Aber bei Dad kam er damit nicht weit.

»Der ständige Wechsel von Nachtschicht auf Tagschicht ist schon ohne Zusatzbelastung für Viele zu viel und du studierst auch noch. Du bist erwachsen und ich dir nichts mehr vorschreiben, aber ich bitte dich darum, doch gründlich darüber nachdenkst, ob du das noch über Monate durchhalten kannst. Falls nicht, dann reduziere lieber zu früh, als zu spät dein Pensum. Auch in deinem Alter kann man Burn-out bekommen und ich bin mir sicher, du wirst auch mit weniger Stunden, ein hervorragendes Zeugnis bekommen, das dir später alle Türen öffnen wird.«

Dad wünschte sich zwar, Alexander würde später hier in die Klinik einsteigen, aber er setzte ihn damit nicht unter Druck. Genau wie er uns nie in unsere Wahl des Studienfaches reingeredet hatte, auch wenn er insgeheim immer gehofft hatte, wir wären in die Chirurgie gegangen. Aber das war einfach für uns beide nichts und Dad akzeptierte das. Vielleicht würde Lilli oder einer von Lizzys Jungs ja später in seine Fußstapfen treten.

Nach dem Essen hängten wir dann die Strümpfe auf und Lilli war auch endlich zufrieden. Wir alle genossen ihre Aufregung und hofften, sie würde noch lange an Santa Claus glauben, auch wenn sie wahrscheinlich bald dahinter kommen würde, wer die Geschenke in Wirklichkeit brachte. Aber noch hatte Weihnachten für sie einen ganz besonderen Zauber.

Später am Abend stellte ich gemeinsam mit ihr Milch und Plätzchen für Santa auf und dann brachten Mom und ich sie trotz aller Proteste ins Bett. Auch wenn sie beteuerte, niemals einschlafen zu können, nachdem wir die Tür geschlossen hatten, sah Mom mich lächelnd an.

»Du genießt das sehr, oder?«, fragte ich sie.

»Und wie«, bestätigte sie. »Es gibt nichts Schöneres, als seine Kinder aufwachsen zu sehen. Natürlich ist nicht immer alles eitel Sonnenschein und manchmal kommt man auch an seine Grenzen, aber es lohnt sich. Das sehe ich ja an Alexander und dir. Ihr seid wundervolle Menschen geworden und ich hoffe sehr, dass du dieses Glück auch irgendwann erleben kannst, wenn du so weit bist.«

»Ich hoffe, irgendwann eine genauso gute Mutter zu werden, wie du es bist«, erklärte ich. Mom war einfach super, sie war immer für uns da gewesen und wir konnten mit jedem Problem zu ihr kommen. Natürlich war auch sie mal gestresst oder genervt gewesen, aber wer war das nicht?

Sie war einfach mein großes Vorbild, auch wenn ich mir nicht vorstellen konnte, in den nächsten Jahren selbst schon Mutter zu werden. Zuerst einmal würde ich mein Studium abschließen und dann im Beruf Fuß fassen. Zu lange wollte ich aber auch nicht mit dem Kinderkriegen warten.

Irgendwie blieben Kinder das Thema des Abends, denn wenig später rief Lissy mich an, um mir zu erzählen, ihre Tante hatte einen gesunden Jungen bekommen. Aus Dankbarkeit meinen Eltern gegenüber, hatte sie den armen Kleinen Sebastian genannt, würden ihn aber Basti rufen. Sobald sie entlassen würde, würde sie das Angebot meiner Eltern annehmen und mit den Kindern nach Aptos fliegen. Da dies wohl schon in den nächsten Tagen soweit sein würde, versprach Lissy, die kleine Familie zu begleiten.

»Ich freue mich so auf dich«, sagte ich, denn ich vermisste Lissy schon jetzt, obwohl ich erst einen Tag weg war.

»Ich mich auch auf dich«, antwortete sie, klang dabei aber nicht zu hundert Prozent glücklich.

»Was ist los?«, hakte ich nach. »Möchtest du nicht mitkommen?«

Lissy seufzte leicht.

»Doch … schon … aber …«,stammelte sie und ich wunderte mich sehr. Was war nur los mit ihr?

»Was aber?«, bohrte ich weiter. »Ist irgendetwas in New York, das dich hält?« Vielleicht war sie ja Ben endlich nähergekommen. Deshalb fragte ich nach einer kurzen Pause weiter. »Oder irgendjemand?«

Lissy lachte leise.

»Du kennst mich einfach zu gut. Ben war gestern Abend hier und wir haben lange geredet und heute war er wieder da und … und wir … wir haben uns geküsst.«

Sie erzählte noch von ihrer Unsicherheit, ob das mit ihm eine ernste Sache werden würde oder nur ein Kuss gewesen war und gerade jetzt musste sie weg … Hoffentlich konnte sie das in den nächsten Tagen klären. Ein paar Tage würde es ja auch noch dauern, bis sie fliegen konnten.

»Rede einfach mit ihm«, schlug ich ihr vor. »Wer nichts wagt, der nicht gewinnt. Das hast du mir auch gesagt, als ich mich nicht getraut hatte, mit Alexander zu sprechen und sieh uns jetzt an.« Ich blickte auf ein Bild von uns beiden, das auf meinem Nachtschrank stand und lächelte ihm zu. »Mir hätte fast nichts Besseres passieren können, als dazu gezwungen zu werden, mit ihm zu reden. Ohne Catherines Erpressung würde ich ihn wohl heute noch heimlich anhimmeln und was würde mir dann alles entgehen?«

»Eine Menge«, sagte Alex auf einmal hinter mir und küsste meinen Nacken. Ein wohliger Schauer überlief mich, wie immer wenn er das tat. Ich bemerkte nicht einmal, wie er in unser Zimmer gekommen war, in das ich mich während des Telefonats zurückgezogen hatte. »Gib sie mir mal bitte«, verlangte er und ich gab das Handy weiter. »Rede bitte mit Ben, er hat mich auch gerade angerufen und traut sich einfach nicht, dir seine Gefühle zu gestehen. Er hat Angst, du könntest denken, er wolle sich nur über Catherine hinwegtrösten«, erklärte er ihr. »Das ist aber nicht so, er mag dich wirklich gern.«

Alexander legte auf und lächelte mich zärtlich an. »So, den Rest müssen sie allein schaffen«, meinte er zufrieden. »Nun möchte ich dich ganz für mich haben. Mom und Dad sind schon im Bett, Lilli schläft schon längst und ich möchte auch schlafen, und zwar mit dir mein Schatz. Ich muss dir doch zeigen, was du alles verpasst hättest, wenn du dich nicht getraut hättest, mir von deinen Gefühlen zu erzählen.« Kaum ausgesprochen, hob er mich einfach hoch, als würde ich nichts wiegen, und trug mich zum Bett, wo er mich vorsichtig absetzte. »Leg dich hin«, forderte er mich auf. »Heute möchte ich dich so richtig verwöhnen und denk dran, du musst leise sein. Sonst hört Dad uns noch und das willst du doch nicht, oder?« Das wollte ich natürlich auf keinen Fall. Es war sowieso schon fast ein Wunder, wie locker Dad damit umging, dass wir uns ein Zimmer teilten. Scheinbar gewöhnte er sich langsam an unsere Beziehung. Aber wir mussten es ihm ja nicht noch schwerer machen. Zudem wäre es mir peinlich, wenn meine Eltern uns hören könnten.

Alex machte es mir aber wirklich nicht einfach, nicht laut zu werden, denn er küsste mich überall und verwöhnte mich dann mit seiner Zunge, bis ich zum Orgasmus kam.

»Alexander«, stöhnte ich unterdrückt, aber das hinderte ihn nicht daran, weiter zu machen. Noch drei Mal zeigte er mir an diesem Abend, was ich ohne ihn verpasst hätte, ehe wir glücklich aneinander gekuschelt einschliefen. So könnte es den Rest unseres Lebens weiter gehen.

Epilog

Seit Minuten stand ich einfach stumm da und staunte.
»Und, wie findest du es?«, fragte Mom aufgeregt. Wie hatten sie es nur geschafft, dass so lange vor uns geheim zu halten? Natürlich war mir die Baustelle aufgefallen. Schließlich fuhren wir täglich daran vorbei, aber weder Alex noch ich hatten geahnt, was dort entstanden war. Mich hatte zwar die Höhe des Zauns gewundert, aber Dad hatte erklärt, dort würde ein neuer Klinikteil entstehen. Und ich akzeptierte das so.
»Ich kann es kaum glauben«, sagte Alexander neben mir. Er war wohl genauso baff wie ich über unser Hochzeitsgeschenk von unseren Eltern. Sie hatten wirklich das Haus, das ich für meine Abschlussarbeit am College entworfen hatte, bauen lassen. Damit konnte ich nun wirklich nicht rechnen, auch wenn Dad die Pläne nach meinem Abschluss haben wollte, angeblich um sie gerahmt in sein Büro zu hängen.

Als das Thema für die Abschlussarbeit bekannt gegeben worden war, war für mich ein Traum wahr geworden. Ein Haus zu entwerfen, das Wohnen und Arbeiten unter einem Dach ermöglichte, war schon immer mein Traum gewesen. Und nun gab es meinen Traum nicht nur auf dem Papier, sondern ganz real aus Stein.
»Ich bin völlig überwältigt«, brachte ich irgendwann heraus und fiel Mom um den Hals. »Niemals hätte ich damit gerechnet. Danke. Danke. Danke!« Auch Dad bekam die verdiente Umarmung von mir. Alexander und

ich suchten schon seit Monaten ein Haus, das wir nach unserer Hochzeit beziehen konnten. Ich hatte ja zugestimmt, dass Lissys Tante mit ihren Kindern in meinem Haus wohnen durften, so hatte meine beste Freundin auch ein Zimmer in Aptos. Bisher hatten wir aber einfach nicht das Richtige gefunden und so lebten wir im Moment noch in einer kleinen Zweizimmerwohnung, die wir vor zwei Monaten mieteten. Dort arbeitete ich am Esstisch, aber auf Kunden machte das natürlich nicht den besten Eindruck und deshalb hatte ich trotz bester Noten und zwei Jahren Berufserfahrung bei einem bekannten Architekten aus Los Angeles bisher nur einen Auftrag ergattern können.

In Los Angeles hätte ich es wahrscheinlich leichter gehabt, wenn ich mich selbstständig gemacht hätte. Dort kannte man mich schon etwas und ich konnte zwei Preise für meine Entwürfe gewinnen. Aber nachdem Alexander mir Weihnachten einen Heiratsantrag gemacht hatte, war für mich klar gewesen, ich würde dort hingehen, wo er war. Alex arbeitete nun Teilzeit in Dads Klinik und versuchte nebenbei, eine Privatpraxis in Aptos aufzubauen, und ich wollte bei ihm sein. Zum täglichen Pendeln war die Strecke einfach zu weit und ich wollte meinen Ehemann nicht nur am Wochenende sehen. Zwei Jahre Fernbeziehung hatten uns beiden gezeigt, was wir keinesfalls wollten.

Die Zeit, in der Alexander in verschiedenen Kliniken in Boston, Philadelphia, Miami und Chicago praktische Erfahrungen gesammelt hatte, war trotz täglicher Telefonate hart für uns beide gewesen. Wir konnten uns kaum sehen und viele hatten uns prophezeit, unsere

Beziehung würde das nicht überstehen. Dad dagegen war davon überzeugt, es könne uns nur guttun, einmal eine Zeit lang getrennt zu sein. Jetzt war diese Zeit aber zum Glück überstanden und das Geschenk unserer Eltern war einfach unglaublich.

Ich hatte dieses Haus zwar gewissermaßen für Alexander und mich geplant, aber nie wirklich damit gerechnet, es jemals bauen lassen zu können. Schließlich war es ein Traumhaus und nicht gerade kostengünstig geplant. Und nun stand es hier und war genau so, wie ich es haben wollte. Wenn man durch die Haustür kam, stand man in einem kleinen Treppenhaus. Die Treppe nach oben war durch eine abschließbare Tür vom Eingangsbereich abgetrennt und es gab rechts und links je eine Tür. Die rechte führte in mein Büro, das aus einem Empfangszimmer, zwei identisch großen Arbeitszimmern, einer kleinen Küche und einen Raum für Akten bestand. Ich hatte zwei Arbeitszimmer geplant, falls ich später mal einen Partner oder eine Partnerin in mein Büro aufnehmen würde. Natürlich hatte ich schon während der Planung auch an meine beste Freundin Lissy gedacht und nun würden wir hier wirklich bald zusammen arbeiten. Es war wirklich kaum zu glauben, wie viele meiner Träume in Erfüllung gegangen waren.

Als ich an Lissy dachte, musste ich lächeln. Sie, Ben und ihr schon dreijähriges Töchterchen Olivia waren gerade bei Lissys Tante Becky, die mittlerweile so etwas wie der gute Geist der Kinderstation war. Obwohl sie nach ihrem Umzug nach Aptos festgestellt hatte, dass sie und ihre Kinder durch die Ersparnisse ihres verstorbenen Mannes und eine Versicherung bis an ihr Lebensende abgesichert waren, wollte sie doch von Anfang an ehrenamtlich dort arbeiten, um eine Aufgabe zu haben, und es gab kein Kind, das Tante Becky nicht liebte.

Tante Becky, wie auch ich sie schon lange nannte, hatte auch dafür gesorgt, dass Lissy aufhören konnte, neben dem Studium zu arbeiten, als diese ihr die Schwangerschaft gebeichtet hatte, die durch eine Verhütungspanne entstanden war. Ben und sie waren das ideale Paar und die WG funktionierte auch mit Baby super. Lissy hatte ihr Studium nicht unterbrochen, sondern es mit der Hilfe von Ben, mir, Alexander und einem Babysitter durchgezogen, auch wenn es nicht immer einfach gewesen war. Ich lächelte, als ich daran dachte, wie winzig Olivia bei unserem Abschluss noch gewesen war und heute würde sie Blumen auf meiner Hochzeit streuen.

»Du sagst ja gar nichts, Kleines. Gefällt es dir nicht?«, fragte Dad besorgt. Mittlerweile waren wir mit unserer Besichtigungstour oben in der geräumigen Wohnung angekommen.

»Ich bin einfach sprachlos, Daddy«, quietschte ich fast und küsste ihn ein weiteres Mal zum Dank.

»Na, das kommt selten vor«, neckte Lilli mich und ich streckte ihr die Zunge raus. Die Kleine war zwar schon lange nicht mehr klein, aber ihre freche Art hatte sie noch immer.

»Nun müssen wir aber los und uns fertig machen«, mahnte Mom. »In vier Stunden wollt ihr immerhin vor den Altar treten und bis dahin ist noch viel zu tun.«

Damit hatte sie wie immer Recht. Gemeinsam verließen wir unser zukünftiges Haus und Dad gab Alexander und mir feierlich je einen Haustürschlüssel. Dann fuhren die

Männer zu Grandpa Williams Haus, wo Alexander sich vorbereiten würde und wir Frauen fuhren nach Hause, wo die Friseurin schon darauf wartete, mich für den schönsten Tag meines Lebens zu stylen.

Ab heute würde ich nicht mehr Miss Paula Baker sein, sondern Mrs. Paula Baker, Ehefrau von Alexander Baker, dem Mann, den ich schon von klein auf liebte.

ENDE

Danksagung

Zuerst möchte ich allen danken, die dieses Buch
gelesen haben. Ich hoffe sehr, dass euch die Geschichte
von Paula und Alexander gefallen hat.

Außerdem möchte ich Anna C. danken, die mich dazu
gebracht hat, diese Geschichte zu schreiben, und sich um
meine Fehler gekümmert hat.

Der größte Dank geht an meine Familie, die mich
immer unterstützt und an mich glaubt.

Ein ganz großes Dankeschön geht auch an Thorsten
Azrael Perne für das tolle Cover.

Natürlich danke ich auch Bianca, die meinem Buch den
letzten Schliff gegeben hat.

Eure

Alina

Über die Autorin

Alina Jipp wurde 1981 geboren und lebt mit Mann, Kindern, Katzen und Kaninchen in einem kleinen Ort im Harz. Sie hat schon immer viel gelesen und Geschichten im Kopf gehabt aber erst mit über dreißig angefangen zu schreiben und kann seitdem nicht mehr aufhören.

Der Arzt meiner Tochter ist ihr erster Roman